安達與島村 8
入間人間
插畫／のん
Kadokawa Fantastic Novels

島村
快到教育旅行了，
還是一樣有些少根筋的女高中生。
現在跟安達是情侶，
卻還不知道自己該做些什麼。

入間人間

插畫：のん

安達與島村 8

Kadokawa Fantastic Novels

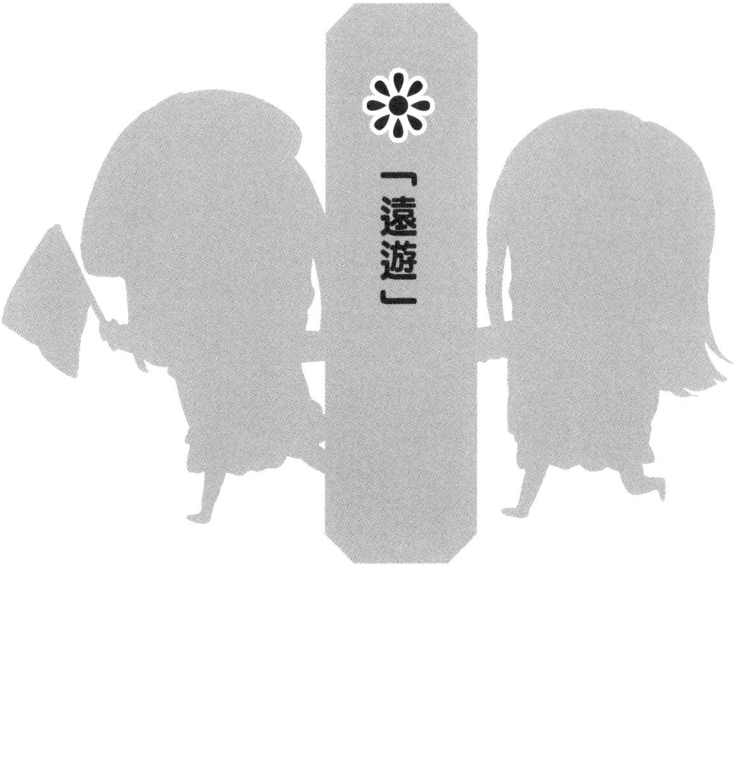

「遠遊」

「一回家啊，我爸媽就老是在聊往事。」

「嗯。」

「我本來還在想為什麼會這樣，但仔細想想，好像也是理所當然。畢竟考慮到年齡的話，過去的經歷一定比對未來的計畫還要長。也難免聊往事的比例會比較高。」

「原來如此……」

「說不定我跟安達妳之間的事情，也會變成很多以後聊回憶的話題呢。」

「嗯……」

稍做思考過後。

「那樣搞不好還不賴。」

「不賴不賴。」

我一邊整理行李，一邊聊著這些。

安達似乎想晚上再整理剩下的行李，現在正坐在沙發上看電視。螢幕上播著像是教育節目的畫面。裡頭有個小朋友穿著似曾相識的太空服，跟穿著白袍的男子站在一起解說著某些事情。不過穿太空服的只是在旁邊一刻不得閒地扭來扭去。

我想，安達大概完全沒有認真看節目在談論什麼。

五月稍嫌刺人的熱氣與氣溫，透過紗窗滲入室內。這個季節不像夏天那樣潮濕，不會讓人不想往前走。我對這個跟去年同樣到來的時期，懷抱著大概跟去年相去不遠的看法。

要是生活節奏劇烈變化到每年對於季節的感慨會不一樣也是挺辛苦的，沒什麼太大差異也是好事。

這裡是我們兩個一起租的公寓。我們兩個一起挑的地方，一起生活的空間。

買東西、生活用品、床鋪、睡覺時的呼吸聲與呼出的氣息——

大多是兩人份。

而我跟安達都是二十七歲。

至少現在這個年齡，還有辦法相信自己的未來會比過去長久。

我在最後確認行李的內容物後，便蓋起蓋子。蓋起來。蓋……起來。我用力壓下蓋子，強行闔上了行李箱。可能只要稍微鬆開一點，就會像嚇人箱那樣彈開來吧。希望下次打開它，會是到飯店之後的事情。我有些煩惱要不要寫張便條提醒自己不要不小心忘記，免得又把它打開來。

我跟安達明天開始要去一趟旅行。

目的地是國外。這是我第一次跨海出國。至於為什麼是第一次，是因為要遵守約定，而且有紀念的成分在，也是我們工作帶來的成果，最重要的是要去比平時遠一點的地方。

簡單來說，這趟旅程帶有不少含意。心裡不禁有股淡淡的感慨與感傷。

「我們多久沒有旅行了？」

「嗯……高中教育旅行以後就沒有過了？」

我就還記得的部分回答。若真的上一次是那時候，就表示已經至少八九年，也就是大致上來說有十年沒有一起旅行過了。跟我認識安達的時間差沒多少。

「教育旅行啊……好懷念。」

安達小聲說道。

「安達，妳還記得自己當時做了什麼嗎？」

「忘了。」

「妳剛才好像還說很懷念耶。」

安達保持沉默裝死。平時我會直接過去捏她耳朵或臉頰，反正就是會先捏她一把，但現在沒時間，所以直接整理起下一個包包。我跟安達不一樣，沒辦法心平氣和等待明天到來。因為在出發旅行之前要回一趟老家。

我受命要在五月連休期間找個時間回家露露臉。考慮到還要出去旅行，就只剩下連休第一天有空，才會像這樣七早八早就在急急忙忙地準備。

我不怎麼常旅行，而不習慣的結果就是等回過神來，會發現自己什麼東西都要帶，弄得行李很大一包。我挑了一些東西拿出來，卻又會臨時想起有些東西該放進去，正在大傷腦筋。

「妳不回家裡一趟嗎？」

「嗯……我就不用了。」

安達動手轉台。畫面裡的是孤島上的鳥。節目也有介紹可以在附近山上看到的小鳥，這才知道那種鳥原來是叫什麼名字。這樣以後出門散步，也會特別抬頭注意那些鳥了。我認為像這樣累積新知識不是壞事。

安達也是我在一大群同學裡知道她的名字之後，才變得特別注意她。她自從開始住在這裡，就不曾回去老家。

對他們家來說，可能這樣比較自在。

這樣的相處方式或許令人感傷，但還是要看安達自己怎麼想。

感覺成為大人以後不是變得萬事都能順利解決，反而學會老是把不應該出現的問題棄置不理。我有時候覺得，隨著年紀增長而變得聰明，搞不好是種類似詛咒的現象。

我扛著包包經過冰箱時，沒想什麼就把冰箱門開起來看一下。因為家裡會有很長一段時間沒人在，裡面空無一物。我回想著昨天晚上安達做的番茄醬拌烏龍麵，關上冰箱門。散出來的冷空氣拂過臉的左半邊，有點舒服。

冰箱裡也沒有茶，於是我喝起倒進水瓶裡冰過的水。大概是老家用的是地下水，我總是很在意鎮上水裡的消毒水味。唯有水的這種味道我實在無法習慣。

整理好行李箱跟肩背包裝的行李後，我連忙前往玄關。

聽我的腳步聲，知道我要出門的安達離開沙發，前來送行。

她的頭髮比以前長，展現出的成熟韻味更加強烈。感覺也像是漠不在乎的表情跟態度，至少是比高中時好一點。有時候會很懷念當時安達努力又認真的處事態度。雖然稍微刺激她一下，又會變成那樣就是了。

「那，我們機場見了。」

「嗯。」

我不會先從老家回來這裡，而是直接在機場會合。

「這樣也滿有趣的，對吧。」

「會嗎？」

不解箇中浪漫的安達表示疑惑。記得以前是安達會說我說的這種話，不知道什麼時候我們的立場逆轉過來了。安達表面上看起來非常冷靜。

「真要說的話，這樣見不到島村的時間會變長，我是不太喜歡。」

「……喔。」

「不過，我相信旅行會彌補一天見不到島村的這份損失。」

「……喔～」

感覺她在說些很讓人難為情的話，所以我故作鎮定。聽得脖子好癢。

我繼續等她說下去，不久安達的耳朵就漸漸發紅。那陣紅跟膚色混合在一起，變成跟她名字相稱的櫻花色。

這種感覺好懷念。

安達的頭髮跟衣服有一瞬間像是縮小了，變回高中生時的模樣。

「島村妳也說一點很難為情的話。」

安達彷彿丟回插在自己身上的刀刃般，提出強人所難的要求。

「……該說哪一個才好呢～」

「妳有很多難為情的話可以說嗎？」

安達很驚訝。當然是沒有。不知所措的我眼神游移，忽然想到——不對，其實有件事可以說。

「我前陣子不小心穿到妳的內衣出門了。」

我說起之前因為睡過頭差點上班遲到時，隨便換了換衣服而犯下的失誤。

安達一陣僵硬，反應也很緩慢。

「穿去哪裡？」

「穿到公司。」

反應很平淡。

「這算……難為情的話？」

「我覺得非常的難為情。」

當時我不曉得到底是誰的內衣，真的很慌。仔細想了想，就回想起那件內衣曾在洗衣服的時候看過，才終於放心下來。放心過後，我決定等回家再偷偷放進洗衣籃，不把這件事講出口。

而我現在把這份祕密告訴了安達。雖然反應很小。

接著，安達才終於微微笑說：

「島村妳真的不夠浪漫呢。」

「什麼！」

沒料到會得到像是讀了我的心的回應。

有些偏久的離別問候結束後，也差不多該走了。我踏出步伐——

「那，明天見。」

「嗯。」

又說了一次跟剛才差不多少的話。

我認為，積極正面的約定不論有再多次都是好事。

能跟人談論明天的事情再好不過了。

我打開門準備離開時，聽見一道焦急的聲音。

「妳剛才說的是哪個花色……啊，是哪個顏色的內衣？」

聲音來自不知為何佇立不動的安達。

「妳問這個要做什麼呢？安達妹妹……」

明天就是第一次的國外旅行。
要說不會興奮期待，是不可能的。

我回到家，馬上就對沒有上鎖的玄關門感到傻眼。
太沒戒心了。我嘆了口氣。
本來想按門鈴卻作罷的手指就這麼停在半空中時，一個更跟戒心扯不上邊的東西出現了。

一隻鯊魚拿著飯糰跑了過來。當然，是兩隻腳的。
「果然是島村小姐啊。」
鯊魚踩著輕快的腳步聲，露出微笑。
「歡迎回來。」
「我回來了。」
每次回來一定最先見到社妹。我沒多想什麼，就把她抬起來看看。
輕得有如撈起來的是一朵雲。
「哇～」
她敷衍地揮舞手腳嬉鬧。這一點跟十年前完全一模一樣。

身高、髮型跟笑容也是。

只有身上的衣服從獅子睡衣變成鯊魚了。這部分倒是不時就會換一套。不論是陸地還是海裡，都能來去自如。反正不管是哪一種，都會咬著她的頭。

「好久不見！」

「不，一點也不久。」

我們兩天前才見過。不知道為什麼常常等注意到的時候，她已經出現在家裡了。然後就會在家裡吃一頓飯再走。安達似乎也早已習慣她的存在，有時候會看到安達拿東西給她吃。明明從我家到公寓有一大段距離，她卻可以毫不在乎地兩邊跑。

社妹或許不會被時間、距離、關係等一切因素侷限住。

那在某種意義上也是我的理想。

雖然也只是夢想自己能那樣生活而已。

「妳那個飯糰是？」

「是我的點心。」

裡面是包昆布——她告訴我一件相對不重要的事情。

「妳要吃一口嗎？」

「嗯～那就吃一口。」

我張開嘴。

「就一口喔。」

「好啦好啦。」

我咬了飯糰一角，發現是我們家鹽飯糰的味道。這讓我想起了運動會。

先不論國中時期，我小學的時候很積極地認真參與那一類活動。

飯糰蘊含的熱度傳達到皮膚表面的感覺就像傷痕一樣，還隱約殘留在上頭。

剩下的飯糰被社妹一口吃進嘴裡。臉明明很小，嘴巴卻很大。

「吃了大飯糰以後飽食度恢復了百分之十。」

「好～少喔。」

這個生物走一百步就會肚子餓，真教人傷腦筋。

「是說，妳這件睡衣是怎樣？」

「是小同學給我的。」

她揮舞著魚鰭。

「這選衣服的品味有事嗎……」

這麼說來，我妹從以前就喜歡養水生生物。

但大概跟她挑衣服的品味沒什麼關聯。

我放下社妹，重新拿起包包。社妹舔吮沾在手指上的飯粒後，又快步跑走。我跟隨她嬌小的背影前往客廳，看見妹妹雙腳大開坐在電視機前面。我妹聽到社妹的腳步聲便轉過頭來，

接著用一副也不是特別驚訝的模樣抬頭看我。

「啊，原來是姊姊回來了？」

「剛剛才到的。」

「我看小社突然跑出去，還以為她是去拿點心。」

我妹說著「過來過來」，攤開雙手歡迎社妹歸來。社妹衝到我妹的雙腳之間坐下來，以收下餅乾作為回應。動物造型的餅乾在社妹口中發出清脆聲響。以給鯊魚吃的點心來說，還滿奇特的。

不過，我也沒按門鈴，她到底是感覺到了什麼而出門迎接我？這讓我聯想到明明沒有東西在飛，卻突然往天空看的貓跟狗。

「媽呢？」

「廚房。」

仔細聽就聽得見除了電視的聲音以外，還有菜刀在砧板上切菜的聲音。

我把包包放在角落，然後在我妹斜後方跟她有段距離的地方坐下。從後面看她的背影，怎麼說，感覺很像高中時的我。不論是頭髮長度，還是坐姿都很像。我不曾用客觀角度看自己的背影，所以也不知道自己當初是不是真的就是這樣，但有種很不可思議的感覺。

雖然我一直認為還是不要變得像我這樣比較好。

就像球撞出一個空洞，而我妹掉了進去，大小還剛剛好。

妹妹用手指拉下社妹的鯊魚帽。彷彿蒼藍大海的水藍色頭髮，與細粒般的閃耀光點一同現身。我妹笑著摸起社妹的頭。她的手指像乘著白浪那樣溜過去。途中她拿起動物餅乾來吃，社妹也笑嘻嘻地吃起餅乾。

看來身高差距比以前還要更大，感情卻還是一樣好。

反而似乎比以前更能看出她們很要好了。

「不要太常餵她比較好吧？」

我晚了大概十年才提出這個建議。不過，我妹完全不放在心上。

「咦～？可是小社很可愛啊。」

我妹說著「對吧？」，看向社妹的臉。享受餅乾滋味的社妹則是「嗯？」地一聲，露出天真無邪的圓圓大眼。就算跟我妹的年齡差距愈來愈大，她們依舊像姊妹一樣。

「媽媽好像也很寵她喔。」

「這傢伙只靠著自己可愛就不愁吃穿了呢……」

但仔細想想，狗跟貓說不定也差不多是這樣。

尤其狗真的很可愛。

「我們跟鄰居說她是從國外來的。」

「國外啊。」

「我是跨海過來的。」

社妹發出「哈哈哈」的笑聲，順著話題隨便回應了一句。說是海，倒也像是跨過了宇宙的大海而來的。接著她順便啃起青蛙形狀的餅乾。嘴唇底下的牙齒也跟眼睛一樣閃亮，帶著淡淡的水藍色。她真不是單用不可思議就能解釋的生物啊──我這麼心想。

「……海啊。」

我明天就要跨越那片大海出國了。不曉得會是什麼樣的感覺。想到像是要飛去電視畫面裡的國度，就覺得很雀躍。

我在國外能找到像社妹一樣的生物嗎？

「回來了至少打聲招呼吧。」

有人輕輕敲了我的頭。我想回頭看敲我的人，又被敲了頭好幾下。由於對方用很輕快的節奏敲頭敲了好多下，差不多開始有點火大的我用力轉過頭，就看見母親正彎著腰用雙手敲別人的頭。母親稍做停頓以後，又改敲起我的額頭，於是我說著「喂」，揮開她的手。母親立刻停手，挺直身子。

途中還聞到一陣新鮮的青蔥味。

「來，打聲招呼。」

母親掌心向上，要我開口打招呼。這狀況讓我不太想乖乖照做。

「……我回來了。」

但我也說不出什麼可以反將一軍的話，只能這樣回應。

「很好，歡迎回家。妳既然回家了，就該最先來跟我打聲招呼吧。真沒禮貌。」

「我本來正要去跟妳打招呼的。」

「呵。」

母親以極為粗魯的態度對待我。然後快步走向廚房。

先不論態度跟行為，有錯的確實是我。

「姊姊妳真是一點都沒有進步耶。」

我妹開心嘲笑跟以前還待在家裡的時候一樣被罵的我。

要是以前，我就動手處罰她了，不過大人就是種只要坐下來，就很懶得再站起來的生物。

我在不知不覺間，放掉了能夠輕易逼近妹妹的那份年輕形成的繩子。

「這是最後一片餅乾。」

她把最後一片放進社妹的嘴裡。社妹大口咬著餅乾。

「高中時期的零用錢，搞不好有三分之一都用來幫小社買零食了。」

我妹雖然嘴上這麼說，看起來好像也是挺心甘情願的。

「不過，花錢能買到幸福也很不錯就是了。」

尤其能花少少的錢就搞定時更棒——妹妹心滿意足地拉著社妹的臉頰。

臉頰像麻糬一樣被拉長的社妹，發出呵嘿呵嘿的笑聲。

看著她們這種雙方都很開心的打鬧方式，我心想「原來如此」。

這種想法我也不是不能理解。
這大概就跟我把賺來的錢用在安達身上，是一樣的事情吧。

晚餐是什錦燒、煎蛋和炒麵。
「全部都是煎炒類的嘛。」
「妳不是很喜歡嗎？」
「是喜歡啦。」
「我也喜歡。」
社妹天真無邪地積極舉手表達意見。我反倒很在意她有沒有討厭的東西。
以前我坐的椅子，現在是給社妹坐。她跟我妹坐在一起似乎已經是理所當然。我則是坐在剩下的空椅上。這原本是父親的座位。
「爸呢？」
「跟附近的大叔去夜釣了。」
「他還真喜歡釣魚。」
父親不知道從什麼時候開始，變得很熱衷釣魚。有時候在走廊上走著走著還會突然大喊「釣～魚！」。熱衷到這樣沒問題嗎？

不說這個了，待在老家的感覺真好，躺著也等得到飯吃。

太棒了。我想著這些吃下什錦燒的一角。高麗菜跟蔥的甜味一口氣在嘴裡擴散開來。

雖然感覺得到甜味，卻不太對勁。我用筷子切開其他部分，看了看什錦燒的剖面，吃進嘴裡。

是……很好吃啦，嗯。

「這個什錦燒沒有放肉耶。」

「我以為家裡還有，結果沒有了。」

哈哈哈——母親若無其事地笑道。仔細一看，炒麵也是只有高麗菜跟麵。

「有用醬汁光線跟青海苔閃光，可以吃啦。」（註：「醬汁光線」、「青海苔閃光」為日清U.F.O炒麵廣告《UFO假面超人》中的必殺技）

她以「沒問題沒問題，這樣很好很棒」的態度強制結束這個話題。

「常有的事。」

我妹似乎很習慣了，心平氣和地吃著炒麵。

「……算了，沒差。」

這也算是種家的味道吧……大概。

我咬下一半跟肉無關的煎蛋。

甜甜的煎蛋溫和包覆了牙齦與心靈。這最像家的味道。

而比任何人都享受這份美味的，是在我家住了大概十年的來路不明的小孩。
「好吃～」
「妳穿成這樣，做事倒是滿厚臉皮的嘛……」
看她這樣，就有種盤子或壺那種藝術品突然講起話來的奇怪感覺。
當事人絲毫不在意周遭人的眼光，很幸福地當著她的鯊魚。
吃完晚餐一段時間之後，跟她坐在一起的我妹有了動作。
「該洗澡嘍，小社。」
我妹說著牽起社妹的手。
「今天不用洗。」
「不可以。」
我妹抓住想逃跑的社妹脖子，抓著她離開。被捕到的鯊魚不斷拍打魚鰭，卻無法成功逃脫。反正她大概也不打算認真逃跑就是了。
手上仍抓著獵物的妹妹，忽然轉過頭來。
……畢竟看不到自己，所以我不曾看過自己這樣回頭——
卻感覺像是以前的自己轉頭看我。
「我感覺現在能懂姊姊以前都是用什麼樣的眼光看待我了。」
我妹瞇細雙眼，說出這番話。

「……是嗎？」

「嗯。好了，我們走吧，小社。」

我妹準備帶不斷彈跳，很有活力的鯊魚去洗澡，離開了客廳。

就像對待妹妹一樣……是吧。

「是什麼樣的眼光啊……？」

被人特地點出這件事，反倒因為無法在身邊找出答案，而有些焦急。

吾妹啊，可以講得具體一點嗎？——我也說不出這種很沒面子的話。

我幾乎看不進持續開著的電視在播什麼，眼前跟思緒一片混亂。

要找出在生活中顯得理所當然的答案是件難事。

「嗯……」

這不是我的聲音。我抬起頭，看見母親站在眼前。

「幹麼？」

「聽說妳要去旅行？」

她問得像是從來沒聽說這件事一樣，讓我很困惑。

「我前陣子應該有打電話跟妳說吧？」

「我知道妳要去啊，也記得妳有說。」

母親「哼哼」地一聲，聳了聳肩。這個人到底是怎樣？隔了這麼久，我又再次為她的講

話態度感到傻眼。
「……所以呢？」
「天知道。」
明明是她自己起的頭，母親卻只是疑惑地微微歪起頭。
「算了，無所謂。」
我擅自替話題作結，不再理她。
「搞不懂這樣有什麼好玩。」
這個當母親的實在無法捉摸。她讓人搞不懂的不只是內在，還有外表上的變化。父母從我出生時開始就是大人了。從我有生命到死去，都是大人。所以跟十年前相比，我也無法精準找出哪些部分有什麼變化。
真要說的話，她瀏海之間的白頭髮好像變多了。
雖然要是把這種話講出口，可能會被拉眼皮吧。
我就這麼看了一下電視，確定自己無法把畫面中的內容認真看進眼裡後，關上了電源。
一打開客廳跟小庭院之間的玻璃門，鼻尖就感受到微弱的晚風吹來。
我坐下來，宛如在風的勸說下稍做乘涼。
現在就雀躍到全身發燙還太早了。
明明待在自己家，卻感覺自己隨著時間流逝變得愈來愈不冷靜。

遠足的前一天，都是這種感覺嗎？

不久後，傳來一陣腳步聲。我回過頭。

快步跑過來的小孩已經不是鯊魚的外型了。

「穿這樣挺風雅的嘛。」

現在她穿著藍底的浴衣。頭髮似乎還沒乾，一跑起來就把水滴得到處都是。

感覺連那些水滴也像帶著她頭髮那種光輝的顏色。

「媽咪小姐給我用來當睡衣的。」

這傢伙老是穿別人給的衣服耶。雖然放著不管的話，就不穿衣服了。

「媽咪小姐？」

「我跟爹地先生也已經要好到會一起去釣魚了喔。」

「……妳說的爹地媽咪，是指我爸媽嗎？」

社妹點頭表示「對啊」。並順便坐到我附近。

「我問要怎麼稱呼，就說要這樣叫。」

「是喔……」

順帶一提，我小時候是叫爸爸媽媽。我妹也是。

爹地媽咪這種叫法，光聽別人說都覺得渾身不自在。

「島村小姐一家人都很溫柔體貼呢～」

「或許是吧。」

畢竟會寵一個來路不明的小朋友到這個地步。

「……唔……」

比起是不是出自善意，更重要的是，都不會先擔心一些事情嗎？

先不論把陌生小孩帶進家裡這個問題，她完全沒有要回家的樣子，也不會長大。

我們家在這方面該說是心胸寬大……還是很隨便呢？但我好像也沒資格說三道四。

「像媽咪小姐有時候也會給我高麗菜。」

「好難分辨她這樣到底是把妳當成什麼看待……」

是把她當作小兔子還是什麼嗎？

我就這麼跟社妹一起吹風一段時間。社妹雖然沒有說話，鼻子跟臉頰卻也像是在默默散熱似的發紅。晚上沒有什麼光，但她自己就在發光，所以皮膚看起來像在大太陽底下一樣亮。

真是神奇的生物——心裡有股漸漸燃起的驚訝。

想必在國外也看不到這種髮色。

「我明天開始要到國外去旅行。」

「喔喔～」

社妹態度敷衍地表現出感動的樣子。之後，就忠實於自己的慾望說：

「我會期待伴手禮的。」

「就知道妳會這麼說。」

看著社妹的期待眼神，就能了解我妹為什麼會買點心給她吃。

一般人不會像這樣為一件事懷著純粹的喜悅。除非那個人個性極為單純。

「……不過，我覺得要出國的感覺很奇妙。」

「很奇妙嗎？」

「對。」

我用手指輕梳社妹的頭髮，忖度自己的心境。

高中生那時還沒長大，我跟安達完全無法有機會到國外旅行，也根本沒辦法長途旅行。

但現在有能力了，感覺想去哪裡就能去哪裡，也沒有人會鼓勵跟勸阻自己要去哪裡。

一切必須自己決定，靠自己的腳步前行。

我在不知不覺間，從小孩子長成了大人。

明明不是持續走在同一條道路上，而是自己決定跨越這道區分小孩與大人的牆。

「我是什麼時候變成一個能獨立自主的大人呢？」

我說出有時會突然冒出的煩惱。我不曾對其他人說過這件事。

「是在認識安達小姐以後吧。」

感覺腦子裡只想著點心，而且像是活在童話中的生物沒有跟我一起煩惱，而是輕輕鬆鬆地給了我答案。原來她有辦法回應這個問題？我暗自訝異。

我沒料到她會率直回應我個人多愁善感的內心糾結。

「妳在各種可能的發展之中，都會遇上安達小姐。」

她像是說著自己的所見所聞，聽起來卻有如憑空捏造的故事一般。

既然人生無法倒轉，可能的發展就只有一種。

但社妹這段話沒有過多修飾，因此我也不多修飾地回應她。

「是嗎？」

「對。」社妹沒有做出誇大反應，以平穩語氣出言肯定。

這樣的態度，聽得我幾乎要相信她了。

「而島村小姐就會在認識她以後慢慢改變。」

小小的手輕輕放在我的肩膀上。

那不是鯊魚鰭，也不是獅子的前腳，是社妹的手。

「呵呵呵，妳有段不錯的邂逅呢。」

看社妹不知為何有些得意的模樣，讓我不禁輕聲笑了出來。

「……大概是吧。」

我在跟當事人完全無關的狀況下，承認當事人聽了應該會很開心的事情。

感覺有點可惜。

「……對了，妳在很久以前……在我們剛認識不久的時候說過一句話。」

「什麼話？」

這傢伙還記得嗎？她歪頭的動作輕得讓人有些不安。

「說我應該是為了遇見妳而生的。」

「對啊。」

她沒有賣關子，再次語氣乾脆地表示肯定。看來她好像記得。

這段對話很流暢地繼續下去。

「正是因為島村小姐會遇見我，這個世界才得以存在。」

「……咦？什麼意思？」

「呃～這個嘛～我想想……其實世界這種東西不是那麼可塑多變。會有什麼東西誕生，有什麼東西被擺置在什麼地方，每天吃什麼——這些要素不論在哪個世界，大多是一樣的。就像香蕉要被定義成香蕉，就需要構成香蕉的成分。而世界也當然有它的固有成分存在。只要沒有滿足構成條件，就無法形成組成世界的結構。就不會是一個世界。所以大多世界大致上是一樣的。島村小姐必定會認識安達小姐，也是因為世界就是這種構造。」

社妹語氣跟平時一樣稚氣，嗓音一樣稚嫩，卻突然變成一個難以理解的存在。

老實說，眼前沒有黑板寫著這些話，我只聽得進一半左右。

「而大部分的世界跟這個世界的差異，就在於我在不在這裡。」

「……………………」

關鍵就是我喔——在夜晚下顯得顏色較深的藍髮不斷搖曳。

「我可是獨一無二的。」

關於這一點，我莫名能夠認同她的說法。有種很難以言喻的感覺讓我這麼認為。

「妳話說得很滿嘛。」

「哼哼哼。」

她簡直像是無所畏懼。她不是很有膽量，或是自視甚高，而是可能就像我們不會對知道構造的電視跟電話感到恐懼，社妹也因為知道世界這種東西的結構，才擺得出這樣的態度。不過，就不討論這是不是正確答案了。

「其實正確來說是『我們』才對……」

「嗯？」

「而我們……不對，我會在這裡，是因為這個世界的島村小姐在這裡。雖然乍看都一樣，但換成其他島村小姐應該就沒辦法了。所以，我才會認為妳是為了遇見我而生。」

明明社妹的用語不難，說的話卻很抽象。

以社妹的角度來說，她應該是在講再正常不過的事情，但聽的人本身的問題導致這個話題無法被理解。

要把想說的話告訴對方，還不引起任何誤解，是非常困難的一件事。

要是只有單方面持率直的態度，不可能完全吸收對方的話語。

「總之，簡單來說就是命運是嗎？」

「就是命運。」

我跟社妹之間的關係，靠著熟悉的話語變得更加淺顯易懂。

「到了命運這種境界，我就不太懂是怎麼回事了。」

「咩~什麼，這很簡單啊。」

她再次洋洋得意地把手輕放在我肩上。

「呵呵呵，真是段不錯的邂逅呢。」

……真的嗎？

我暫時把視線撇向一旁。

我因為認識社妹，得到了什麼？

又或者事實正如社妹所說的話。

我真的是為了遇見這傢伙而生的話。

那，我成就了什麼？

……我不禁專心思考起這種不會有結果的假設。

遠處微微亮起的光芒，僅是自顧自地靜靜閃爍。我唯一知道的，只有更平凡的答案。那就是我認識了這傢伙，是覺得開心，還是不開心。

我移回剛才撇開的視線，露出微笑。

「……算是吧。」

撫摸著她的頭，像是要撈起她頭髮上的光芒。

「啊，找到小社了。」

穿著感覺已經穿很久，袖子鬆垮的睡衣的我妹走了過來。掛在脖子上的毛巾跟皮膚之間竄出淡淡的水蒸氣。

「也順便找到姊姊了。」

「我是順便的～」

我特地比「ＹＡ」想搞笑，還是被無視了。

「小社真是的，都是妳在把頭擦乾之前就跑掉，搞得整個走廊都濕答答的了啦。」

「因為太熱了，我來這邊乘涼。小同學要不要也一起？」

「那樣會被蟲叮，不用了。先別說這個了，妳看～是紅豆冰喔～」

「耶～！」

我妹拿出藏在背後的冰給社妹看，社妹馬上站起來往我妹那裡跑過去。感覺好像在哪裡看過這個景象？我思考了一下是在哪裡看過，才想到是前陣子的安達。安達也有用冰釣社妹。常常會聽到她觀察著被引誘過來的社妹，用似乎也沒有覺得很有趣的語氣說「真奇怪的生物……」。十年的歲月讓安達的交友範圍稍稍擴大了一點。

這算是安達在我不知不覺間跨出的一大步嗎？

我面向夜晚的天空。明天，我會身在他方，待在另一個地方的天空之下。

一想到這裡，便覺得自己呼吸紊亂，變得有點喘。

我心裡的是雀躍，以及些許的畏縮。

或許多旅行幾次，就會慢慢習慣。

所以我要在習慣之前多體驗這種心慌，懷抱希望，想像另一片天空底下的情景。

至於感動，則是體會新鮮的最好了。

隔天早上，我嚼著端到桌上的高麗菜絲。

「……看來我也是兔子。」

跑到社妹嘴巴外面的高麗菜絲不斷擺盪。

我妹還在睡覺。也沒必要為了打聲招呼特地叫她起床。

反正夏天應該還會再回來。

早上的廚房氛圍很清新。從窗戶照進來的光，沒有夏天那樣蜇人。灑落身上的淡淡光芒取走黏附肩膀跟脖子上的慵懶，讓身體回歸自由。

我吃完高麗菜絲，洗完臉、換衣服、化妝過後，傳了封訊息給安達。

『妳醒著嗎？』

回信馬上就來了。

『我才想問妳。妳沒有在賴床吧？』

「妳以為妳現在是在跟誰說話啊，安達……」

安達到底把我想得多厲害啊？

「……唔……」

可是經她這麼一說，我平常早上也確實是半失去意識地在準備出門。常常等回過神來就已經在搭電車了。有人懂那種一回神就在車上搖來搖去，被嚇得驚慌失措的感覺嗎？我想沒多少人能懂。

『我差不多要去機場了。』

『我也是（私も）。』

看她的回應，覺得安達果然是用漢字寫「我（私）」。她的思維上就是用漢字的「我（私）」自稱。至於我，就會先想到平假名的「我（わたし）」。這種思維上的差異是在什麼時候養成的呢？（註：中文的「我」在日文中可用漢字的「私」與平假名的「わたし」表示。）

我最近變得很喜歡思考類似這樣的事情。周遭一片黑的話，想這些也很好睡。

我走往玄關。然後在輪流拍了拍每一個行李後，看向站在母親身旁的社妹。「怎麼了？」她在這裡，很好。

「沒有，以防萬一而已。」

要是發生像之前那樣的事情，也很傷腦筋。
我拿起包包的背帶揹在肩上，手握行李箱的把手，使力站起身來。
行李的重量讓我的上半身有些不穩。
「那，我出門了。」
「好好好。」
母親含著牙刷，敷衍地揮了揮手。社妹也很隨便地揮揮前腳。
今天是她常穿的獅子裝。
「路上要小心喔。」
「嗯。」
「是說妳真的很不會整理行李耶～」
母親看著眼前行李面積比人還大的狀況，嘆了口氣。
「帶那麼多東西也用不到啊。」
「妳很囉嗦耶。」
「這樣要帶伴手禮回來會很麻煩呢～」
我從沒說過我會買……反正，買些當地的巧克力就好了吧。
「嘿咻。」
我拖著行李往前走。不小心在使力的時候出聲了。

「哈哈～老阿嬤。」

「囉嗦耶。」

母親像小孩子一樣起鬨。但我懶得回頭。

我打開門。

清爽的風拂過眼睛底下，趕走殘留的少許睡意。

「抱月。」

聽到她叫我的名字，我有些彆扭地回過頭。

母親依然含著牙刷，雙手環胸。我看到的只有這樣的景象。

「我真是幫妳取了個好名字呢，嗯。」

她在自賣自誇。我心想「喔，是喔，然後呢？」，等待她會繼續說什麼。

不過我只看到社妹不斷搖著尾巴。

「……咦，所以呢？」

「就這樣。好啦，快走吧。」

她揮手趕我出門。「啊，這樣喔……」我摸不著頭緒地離開家門。

「那個當媽的到底想怎樣……」

太我行我素了。可是我有時候也會被安達這麼說……不對不對。

再怎麼說，我也沒有她這麼誇張。

「我發現我要說的不只有這些。」

「哇喔！」

突然有人跟我說話，害我嚇得跟很重的行李一起跳了一下。

咬著牙刷，穿著涼鞋的母親跟在我正後方走來。

小獅子也踩著輕快的腳步順便跟來。

「要玩得開心喔。」

母親的手有些粗魯地摸著我的頭。

頭髮都白整理了。

我本來想要抗議，但看到她伸出的手那麼細瘦，我的手跟聲音都不禁停下了動作。

「妳能玩得開心最重要了。」

「嗯。」

我就這麼任她摸頭一段時間。

母親把我的頭髮摸得亂糟糟以後大概是摸夠了，便露出豪爽笑容，牙刷的前端也隨著她嘴巴的動作上下擺動。

「拜啦。」

她踩著涼鞋發出的腳步聲，這次才真的往家裡走回去。

「呼，拜咩。」

當跟屁蟲的獅子學起我媽的動作，揮手離開。

「話說媽咪小姐，午餐吃什麼？」

「吃昨天晚餐的剩菜。」

「好耶～」

「妳聽到吃什麼都會開心，這麼好搞定我也省得輕鬆啊～」

哇哈哈哈——兩人一起無憂無慮地大笑。

看著身高差距不小的兩人時，我發現連我自己都忍不住跟著笑了出來。

「總覺得……」

兩人都沒有改變。

母親從我出生時就是大人，社妹從我認識她的時候就是小孩子。

是不可或缺的長輩跟晚輩。

我望著已經有些距離的家的牆，想著我妹跟我爸。

光是心裡想著他們，就有種像溫暖熱水的東西充斥胸膛。

看來今後我還是會跟安達不一樣，不能不回頭看看自己的歸屬之地。

就跟和安達聊到的一樣，我上一次到機場已經是高中那時候的事情了。

為什麼只是抬頭仰望寫著許多文字的電子看板，心裡就會有些興奮呢？乾淨到發亮的地板，反射出阻擋通往櫃台路線的紅色隔線。來自左右兩側的腳步聲、機器運作聲與廣播聲響相互交錯。現在是連假期間，機場的人數似乎比平時更多。

我拿出手機，打算聯絡大概已經先到機場的安達。接著，我直接聽到她對我喊了一聲「島村」。這裡人這麼多，虧我還聽得到她在叫我。我抬起頭。

往我走來的安達臉上掛著顯得有些開心的笑容。

我們約在一個地方見面的時候，大多是安達會先到。雖然每次都是她先到，讓我有些過意不去，但我再怎麼提早到約好的地點，安達還是會比我早出現。安達腳步輕快地帶著比我少的行李過來。

我舉起手回應她。

「hay.」

「呃……嗨～」

安達有些困惑地配合我打招呼。但沒有對到。

「啊～呃……尼耗啊（妳好啊）。」

「現在就當作自己在國外會不會太快了？」

「fine.」

確實根本還沒搭上飛機。不過機場裡的氣氛，會讓人彷彿置身國外。雖然沒有去過國外

的我，感覺到的大概也不一定是真正的國外氣息。

如果問日野那種有出過國的人，或許就能知道正確來說是什麼樣的感覺。

「我為了旅行補了一下英文，想說機會難得，就說說看。」

「感覺好像沒有學到什麼……」

安達小聲碎唸。我裝作沒聽到，跟她並肩前行。

行李箱輪子轉動的響亮聲響，讓人有確實在前進的感覺，相當悅耳。

「我從遠遠的地方看，發現島村妳的行李比妳還顯眼。」

她跟母親指出一樣的問題，害我差點說不出話來。

「妳要什麼東西都可以問我喔。」

我反過來表示「我這裡什麼都有喔～」。安達輕聲笑著帶過這個話題。

安達看手錶確認時間，說：「時間還來得及。」

「不如說，好像還剩很多時間。」

「嗯……那，我們就在裡面邊聊邊等吧。」

安達很開心地說「嗯」，表示贊成。

「我也好久沒搭飛機了。」

聽到安達這麼說，我本來想點頭附和，卻又因為一份疑惑而作罷。

「妳不是忘記了嗎？」

「本來忘記，但是又想起來了。」
安達的記憶就像紅綠燈那樣滿不在乎地消散跟亮起。
「不過，我想妳也不可能會忘記吧。」
畢竟那也是我跟安達第一次一起旅行。
「那時候發生了好多事情呢。」
「的確。」
安達這次沒有裝作不記得。
……說發生了很多事情，倒也不是什麼大不了的事。尤其在旁人眼裡看來，一定盡是些不值一提的事情。那只是跟安達一起經歷教育旅行這樣的行程中，再正常不過的一些事。
或許都是些無所謂的事情。
不過我認為能一直記得那份無所謂的經歷，也算是一種回憶。
「還有，我好期待到那邊之後去搭船。」
「嗯……」
「我也想體驗一些其他的海上行程。」
我彎起手指數著事前沒有特地計劃好的行程，發現安達露出不太明顯的微笑。
她笑得比以前自然了。我暗自為她的變化感到高興。
之後辦好出國手續，等待登機的期間，我們就坐在椅子上欣賞窗外大片的景色。也有小

孩貼在玻璃上看著外頭風景。我對小孩直盯著瞧的飛機瞄一眼後，轉而看向廣大的飛機跑道。

大晴天下的工整跑道，使我不禁瞇細雙眼。

「感覺……我們來到好遠的地方了。」

我下意識說出口。這段話的淡淡餘韻，深深滋潤了整個嘴巴。

「還沒上飛機耶。」

覺得好笑的安達，回應我的細語。

「也是。」

搭上飛機之後，肯定能前往更遙遠的地方。

那遙遠的目的地現在仍只是夢想的一部分。我有些焦急，希望那可以早點成真。

我們要前往遠處。

兩人一起——飛往幼時無法前往的遙遙遠方。

「第一次旅行的一角①」

一回到家，就看到社妹腳步輕盈地走在走廊上。

她今天拿著一串香蕉。香蕉皮的鮮豔色彩，跟她本人的耀眼氛圍很相配。

昨天是偷吃黑豆，今天是香蕉。感覺她總是在吃東西。

「呀～」

不知為何一跟她對上眼，她就回頭快步跑走。好奇是怎麼回事的我也脫下鞋子追她。她似乎不是認真逃竄，跑得很慢，所以我馬上就追到了，並抓住她的脖子。

「唔呀～」

「為什麼要跑？」

「沒有為什麼。」

「我就知道。」

畢竟她完全不像會躲人的那種人。

她甩動雙腳，剝起香蕉皮。看著她嬌小的手動來動去，就想起我妹更小的時候的模樣。

感覺以前的我跟我妹，都比現在更能老實接受各種事物。我妹也會慢慢變成像我這樣嗎？

「那是妳的點心嗎？」

「是午餐。」

社妹說著「好吃～」，開心吃著她的午餐。雖然已經過了一般吃午餐的時間，但她絲毫不在意這種事情，純粹享受著這份幸福。她的臉頰在每咬一口香蕉時的動作很輕快，看得出她很高興。嘴唇的動作也很柔和。總覺得要是不管她，會連香蕉皮都一起吃下去。

「香蕉很好吃喔。」

「我知道。」

「那，妳也吃一根吧。」

她扯下一根香蕉給我。我收下香蕉翻面一看，發現標著價格的貼紙還貼在上面。跟附近超市賣的一樣。我沒辦法判斷這是不是我家的香蕉。接著，我才想到社妹是從廚房的方向走過來的。

「…………………………」

我心想「算了，無所謂」，剝起香蕉皮。

「小同學還沒有要回來嗎？」

「她應該快回來了。」

我在路上有看到一群小學生，我妹應該也會跟著他們回來。

我帶著社妹前往客廳。我一坐下，她也跟著坐下。我們就這麼坐在一起吃香蕉。我吃完午餐後就沒有再吃東西，這種時候吃進嘴裡的香蕉特別甜，臉頰跟喉嚨裡的感受舒爽得驚人。

社妹吃完一根香蕉後，便拔下第二根。她的一舉一動徹徹底底就像個小孩子，此時我忽然想起她跟我和我家完全沒有血緣關係，有種這傢伙怎麼愜意成這樣的感覺。
我摸了一下社妹伸直的雙腳的腳底。跟嬰兒的皮膚一樣柔嫩。我戳戳看她的側腹跟臉頰，發現摸起來也是同樣的感覺。她的皮膚很漂亮又柔軟，彷彿跳脫世俗跟時間的概念。而且冰冰涼涼的。是像朝露那種清爽的冰涼感。

「唔唔？」

「妳平常都在想些什麼？」

我很好奇她的腦袋裡面跟外面的頭髮究竟是什麼樣的構造。

「我都在想『好希望可以吃好多飯』。」

「哈哈哈哈。」

真是個幸福的傢伙——我搖晃她的腦袋。她發出淡淡光芒的頭髮，因此飄出閃耀的光粒。

「偶爾也會想同胞們過得好不好喔。」

「同胞？喔～妳說什麼東西怎麼樣的那個嘛。」

記得好像在剛認識她時聽過這回事，但我忘記細節了。那大概是類似家人的存在吧。她說自己是來找同胞的，卻完全沒有要找他們的樣子。

「希望同胞沒有餓肚子。」

社妹剝著第二根香蕉的皮，顯得不怎麼擔心地平靜說道。

她看來不是跟家人一起住。也不知道住在哪裡（不過大多時候待在我家）。沒什麼常識，

語言知識卻很豐富。還有髮色根本不是正常人會有的顏色。

仔細觀察平時視而不見的部分，就會察覺社妹大概是非常特別的存在。如果在各方面上仔細研究她，說不定會發現她擁有某種足以在人類歷史上占有重要地位的東西。而我現在正跟這樣的存在交流。一起吃著香蕉。想到這裡，就覺得有點不真實。

可是她也只是悠悠哉哉地吃飽睡、睡飽吃，實在不會讓人覺得她是難得一見的生物。

家裡的玄關開始傳來一些聲響。那聲音聽起來是我妹回來了。

「她回來了。」

「哦～」

社妹的雙腳上下擺動。她們還真要好。應該跟我和安達差不多要好？不對，這樣連我妹跟社妹都會是女朋友跟女朋友的關係。姊姊我覺得這以她們的年紀來說還太早了……就先不管不會太早的話，是不是就沒有問題這一點了。

「啊，是姊姊還有小社。」

揹著後背式書包的我妹來到我們眼前。社妹用跳的站起身，一手拿著香蕉往我妹跑過去。

兩人喊著「碰～」相撞的動作，似乎是她們用來代替打招呼的一種方式。

「小同學也來吃香蕉吧。」

「好耶～」

我妹也很開心地吃起香蕉。

「……又多一隻小猴子了。」

雖然聽說給猴子吃香蕉不太好，不過就算了吧。

我看著感情很好的她們，趴到桌上大吐一口氣。

我也不是覺得累，但總覺得有種類似疲勞的灰色簾幕蓋著自己。大概是心情問題吧。感覺就像面對沒有整頓好的大批行李一樣沮喪。

「……………………」

心裡隨便舉的例子，說不定意外精準。

高中二年級、十月、放學過後、星期一、安達。

一堆事情一起來的話，確實是有些傷腦筋。

高中二年級的十月似乎是教育旅行的時節。我曾在某個地方聽說很多學校會把教育旅行安排在這個時期。看來我讀的學校也不例外。

目的地跟去年一樣，是去北九州。如果多付旅費，也能在別的時期去國外旅行。可以選擇去有跟我們學校交流的泰國、澳洲跟美國，但我不打算去。我們不會變成ＵＳＡ版安達與島村——主要是考慮到我的英文成績。

準備迎接放學時間的教室，充滿了因為人數眾多，而彷彿仍殘留少許夏天氣息的熱氣。

我不太喜歡這樣的熱氣，可是一想到等完全不會有這樣的熱氣，就是開始會冷的時期了，也會對這一點感到憂鬱。

我還是比較怕冬天。身體會變得僵硬，覺得想睡，甚至有種很多東西會在慵懶度日的期間變得乾燥，因而脫落的感覺。冬天不找個人牽著手，只會覺得愈來愈冷。

我想起外公外婆家的小剛。牠還活著。牠還待在跟我同一個世界的某個地方。光想到這裡，內心就察覺到了寂寞，無法徹底隔絕一切情感。

我閉上眼，忍下湧上心頭的一陣波瀾。

在我想著這些事情的時候，眼皮外的世界已經在決定分組了。似乎要以五人為一組。這樣的話——我睜開眼最先看見的，是迅速從位子上站起來的安達。她急忙快步走來我這裡。我有料到她會這樣，但她毫不猶豫，而且是全班最先展開行動的，所以有點顯眼。

「有事嗎？走路很快的安達。」

我知道她為什麼來找我，不過我故意裝傻捉弄她。安達好像也察覺到我在鬧她，直接隔著制服抓住我的手臂。她稍稍變得更紅的鼻子像是在聞味道般動了一下，接著才小聲開口說：

「我們……在同一組。」

「嗯。」

毫無疑問會是這樣的結果。不過，問題在於每一組需要五個人。如果分組人數有多，是能特別調整成四人或六人一組，但不太可能答應兩人一組。

要是日野跟永藤跟我們同班就好了——我懷著這份奢望，環視整間教室。安達也多少習慣跟日野她們相處了，跟她們一組的話，她應該還有辦法接受。雖然前陣子那次她一點也沒有接受。這下該怎麼辦呢？我四處張望時，安達則是一直愣愣地盯著我看。可能是確定跟我同一組之後，就鬆了口氣。安達就是那種感覺會因為擔心沒辦法跟我同組，一大早就開始緊張兮兮的人。現在她似乎放鬆下來了，瞇細的雙眼柔和得彷彿輪廓也模糊了起來。

不告訴她嘴巴有一點沒閉緊是不是比較好？

「島村同學妳們要不要也跟我們一組？」

來找我們搭話的是一二三——不對，我想想……對了對了，是桑喬、德洛斯跟潘喬。呃，雖然這些稱呼本身只是代號，總之她們三個不曉得是不是擔心我們人不夠……不，大概就是覺得人不夠，所以邀我們跟她們一組。我剛升上二年級時，還滿常跟這些同學說話的。

後來就不怎麼交談了。主因是安達。

「可以嗎？」

「可以喲。」

戴眼鏡的桑喬友善地對我們招手。她跟永藤不一樣，是個感覺很可靠的眼鏡女孩。永藤外表上看起來很可靠，但個性比想像中的還要迷糊。迷迷糊糊的。

她們有三個人，我們兩個人。人數也剛剛好。我個人是沒有理由拒絕。

我個人是沒有啦。

「安達妳也可以吧？」

安達依然抓著我的手臂。原本呈放空狀態的安達「咦」地一聲，先是看了她們三個一眼，再看向我。她的眼神有些不安，嘴唇也有一點點噘起。看來不是只有我們兩個人的話，她就會不開心。

以安達的個性來說確實不意外，但也沒辦法兩人一組。

我站起來，摸摸她的頭，要求她明確回答。

「可以吧？」

「……嗯。」

我摸頭要她乖乖聽話，就乖乖聽話了。雖然過程跟結果反了，總之最後一切順利就好。

安達臉頰有些泛紅，稍微收斂起噘起的嘴唇。再多做些什麼應該能讓她完全不再噘嘴，但現在這種狀況下繼續安撫她，可能會引發某些問題。

我盡力對默默看著我們一舉一動的三人露出笑容，為有些尷尬的場面打圓場。

「我們雖然不太成材，還請妳們多多指教了。」

「呃，好。」

潘喬語氣有些僵硬地回答。

光是沒有徹底被我們嚇跑，就能說她是個大好人了。

「……哈哈！」

豈止是女朋友，我覺得自己已經超越姊姊的範疇，更像一個母親在照顧小孩了。

分組的事情處理好以後，便宣布放學。班導有稍微提到旅行要帶什麼，但老實說，也沒什麼需要特地準備的東西。畢竟只是一趟三天兩夜的旅行，也不需要帶便服。

我想只要順其自然，有什麼狀況當下臨機應變解決就好了吧。

我跟安達一起離開教室，不過沒有直接踏上回家的路途，而是在腳踏車停車場的屋頂下聊一聊。

因為安達透過視線表示想要聊一下……應該說要求聊一下。

待在校舍外，就感覺陽光跟熱氣帶來的刺激和緩不少。現在沒有彷彿壓迫著瀏海的陽光，天氣相當舒適。透過皮膚的感官可感受到目前的季節與今天的夕陽餘暉。

感受到明天與草木枯竭的冬天不遠了。

「島村妳有到國外旅行過嗎？」

「怎麼可能。」

我家又不像日野家那樣。我手指按著腳踏車的車鈴，這樣回答她。

「是有點興趣就是了。」

現在我面對的方向，遠處有個我未知的地方。晚上當我腦袋放空呼呼大睡的時候，也有某些事情在其他地方發生。有人覺得開心，有人在歡笑、難過，也有死亡與誕生。

有個我無法得知的世界確實存在。

用這樣的想法看待，自然而然會主動對那樣的世界感到好奇。

離開教室之後，原本有些低著頭的安達似乎不再鬧彆扭了，恢復正常的狀態。

「妳想去哪裡？」

「嗯～這個嘛……舊金山之類的？」

稍微想一下之後，浮現腦海的是這個地方。我想去看很有名的螃蟹招牌。還有克羅埃西亞也是聽說當地的城鎮很美，想到那裡親眼看看。或許我想去的只是那種在藍天白雲下讓人覺得舒爽奔放的地方，其實是哪裡都無所謂。

「那……那我們去玩吧！」

安達身體有些前傾，提出大膽的邀約。還順便握起我的手。

「去哪裡？」

「舊金！」

「唔，這種簡稱還滿新穎的。」

可是舊金有近到可以說去就去嗎？她是當作去 MALera 嗎？還是當作去 APiTA ？（註：MALera 為岐阜的購物中心，APiTA 為日本連鎖超市）

當然，實際上不可能那麼近。至少會比去四國或北海道還遠。

「現在就去？」

「島……島村想現在去的話就去。」

看來安達很執著於只有我們兩個人一起去的旅行。可是——我笑說：

「呃～還是不要吧。」

明天還要上學，我也沒辦法處理護照，重點是沒那麼多錢。

平凡的高中生無法自由到能夠一時興起就去旅行。

放學玩舊金或週末玩舊金也有難度。

如果是十年後玩舊金，倒還比較可能。

「……嗯……」

十年啊。我過十年以後還會跟安達在一起嗎？

安達大概會跟我在一起，但我會嗎？

我煩惱起莫名其妙的事情。

感覺很哲學。我想，沒辦法畫上等號的事情，大多可以劃分在哲學的領域。

「島村？」

安達看著我的臉。大概是因為我稍微放空了吧。

在我揮手表示沒有怎麼樣之前，安達就扭動起身子。扭來扭去，然後——

「不……不可以講話講到一半就……發……呆喔。」

她的語氣到最後徹底虛掉，聲音宛如一頭栽進泥巴裡面一樣停住。

我盯著安達看，她的臉就像點亮的紙燈籠般微微泛紅。那片紅暈彷彿被揉開，慢慢擴散開到整張臉上。感覺輕輕捏一下她的臉頰，還能捏出紅色顏料。

「哈哈哈。安達妳這樣真的很好笑。」

「什……什麼東西很好笑？」

「妳硬要搞笑這一點很可愛。」

我一點出這件事，紅暈又變得更濃了。就算我們待在屋頂底下這種有點暗的地方，也能清楚看出這份變化。安達整個人都很容易理解。她很直率，而且不會拐彎抹角。

「我才沒有……硬要搞笑。」

「咦？沒有嗎？那妳盡量搞笑吧。」

我笑著說「我很期待妳搞笑喔～」。安達就像是發現自己沒有退路了，不斷發出「唔～唔～」的聲音。

這部分也挺可愛的。

「安達妳的英文成績好像比我好嘛。」

應該說，她大多科目的成績都比我好。安達妳好像很厲害喔。

或者該說是我好像很不厲害喔。

「我覺得……島村妳比較聰明。」

安達眼神有些游移，說客套話讚美我。

「不不不。」

我微笑著拍她肩膀。碰她的肩膀，就讓我意識到自己跟她之間的身高差距。

「英語對話的工作就全權交給妳了。」

「我……我努力。」

我只是開個玩笑，但安達很認真。

「哎呀呀，妳不說『我們一起用功學英文吧』之類的嗎？」

「啊，那樣比較好。」

就這麼辦、就這麼辦——安達揮動我被她握住的手，提議應該這麼做。

「嗯，這樣應該也不壞吧。」

獲得知識是件好事。我想盡可能接受能帶來好處的點子。

我搞不好跟安達談了一件很有建設性的事情。

「那，我們差不多該回家了。」

「嗯。」

「……嗯。」

我舉起仍然被她握著的手。她的手簡直就像船錨。這樣我沒辦法啟航。

「讓我走。」

「唔。」

安達說不出話來，僵在原地。感覺好像還能聽見手臂在軋軋作響。

「唔唔～」

安達皺起眉頭，手臂開始顫抖。我很疑惑她在做什麼時，就發現她正用沒有牽著我的那隻手，把握著我的那隻手手指一根根拉開。她似乎不是在搞笑，看得我有些傻眼。

「不用力就放不開我的手嗎？」

「好像是……」

安達看起來也沒有很過意不去，反倒有些開心地彎起嘴角，小聲承認我的疑問。感覺完全沒有覺得很傷腦筋的意思。現在是放學時間，周遭當然有沒參加社團活動的人在，但安達好像絲毫不在意他們的眼光。

而我也有點——覺得習慣了。

於是，我就這麼等她努力拉開自己的手。

「那，再見了。」

我揮動終於被釋放的手，跟她道別。安達緩慢揮手，然後說：

「咕……咕拜（Good bye）。」

「喔？」

我很意外會突然被用英文道別。安達隨即急忙騎著她的腳踏車離去。

我忍不住「噗」地輕輕笑出聲。

「嘿～呃，嘿府呃耐斯爹……是這樣講嗎？」

雖然她大概聽不到，不過我也秀了一下英文。

才聊完就展開了一段英語對話。

她還真有鬥志——我不禁感到佩服。

以上是回家之前發生的事情。

因為在分組的時候就得花力氣讓整件事能夠順利搞定，弄得我有些心累。這樣到了旅行當天，說不定安達還會牽著我的手走進陌生的城鎮，一起落得迷路的下場。我是不是該負責跟桑喬她們聯絡？

安達是把我當成信差小弟還是什麼了嗎？

「耶～」

我是不希望自己覺得這樣很麻煩，但我也不是善於為他人心情著想的人。我希望安達就算不能凡事都跟人和平相處，也至少能再合作一點。雖然她完全不願意跟人妥協這點不知道該說意外有趣、可愛，還是反而會引起別人的興趣，總之她本來就是這種人。

反正，無論如何——

我只要盡力跟安達保持良好情誼就好。盡我最大的努力。

還有，應該要說小妹，不是小弟吧——我訂正了根本不重要的事情。

我趴在桌上，視野模糊起來。

一沒事做，就會忍不住想睡。可能對我來說，睡覺的時間才是最自然的狀態吧。

精神飽滿地到處走動反倒是不自然的狀態……其他人是不是不會像我這樣？

視野跟腦袋裡化成一團迷霧。

……安達其實也挺放得開的。我又開始想著跟安達有關的事情。

怎麼說，我深刻體會到她很極端地，呃，喜歡我。

假設有個開關能夠在保證衣食住等生活相關的事情不會有問題的前提下，讓地球上只剩下我跟安達兩個人類。要是有那種開關存在，安達可能真的會按下去。安達雖然無法獨自生存，但應該有辦法永遠在只有兩個人的環境中安然度日。說不定這其實是種厲害到不行的能力。

而我是能獨自生活，卻大概很難在只有兩個人的環境活下去。可是要只靠活著的事實確實感受到自己真正活在世上，一定很困難。

所以，我會需要三個人、四個人、五個人……需要很多人陪我待在同一個世界。

像我這樣的人，大概沒辦法按下會讓大部分人類消失的開關。

我意識模糊地看著享用香蕉的妹妹跟社妹，心裡想著這些事情。

一道影子離開黑暗，往我這裡過來。影子是藍色的。

我呆站在原地，好奇那到底是誰。我不覺得害怕。因為那道藍色的影子沒有敵意。

影子只是移動著，試圖接近我。

那道人影在我看清楚究竟是誰之前，就消失得無影無蹤。

相對的，改傳來一陣有些尖銳的聲音，逼得我揚起眉毛，睜開眼皮。

全身像是喝光一杯溫水般，既溫暖又沉重。這是短暫睡眠後會有的感覺。我感受到身體陷入錯亂，分不清自己身處夢境還是現實。整個喉嚨也像喝下熱水一樣，要熱不熱的。是不會覺得睏，但很不想動。

看來我好像是趴在客廳的桌上，就這麼睡著了。吵醒我的聲音來自仍被我放在書包裡的手機。會是誰打來的？我翻過身，伸長身子嘗試把書包拿過來。我揮手揮了幾次都沒搆到，弄得伸手那一側的側腹有點痛，不過最後還是成功抓到了書包。

我仰躺著打開書包。這讓我想起抱著貝殼的海獺布偶。我記得那是很久以前在鳥羽水族館買的，卻沒有擺在我房間。那個布偶跑到哪裡去了？忽然想起消失的它，就很想把它找出來。但在那之前要先接電話。

我看了一下打電話過來的人是誰，發現不是安達打來的。

「喔～是小～樽啊。」

我在接電話之前沒來由地用搞笑的語氣說道。我不斷甩動雙腳，彷彿翻肚的蟲。我因此慢了五秒才接起電話，簡直像在逃避這通來電。

我接起電話。隨後就聽見樽見的聲音。

『嘿。』

「嗨～嗨～」

樽見很常用「嘿」打招呼耶——我心想。但或許比「妳好」或「別來無恙」之類的還要有她的風格。不如說，我認識的人之中沒有人的氣質適合「別來無恙」這種打招呼方式。日野的話，她雖然是有錢人家的千金，倒比較適合用『安喔～』或『安安啊～』。

『呃～妳過得好嗎？』

「我剛才睡了一下，所以很好。」

哈哈哈哈——樽見笑了出來。

『畢竟小島妳很喜歡睡覺嘛。』

「嗯，啊～不是，也不是說喜歡睡覺，只是會不小心就睡著了。」

敲～不可思議的——我開玩笑地回答，樽見卻附和說「這樣也不錯吧」。

「是……是嗎？」

大家對待我的標準會不會太寬鬆了？

『我不知道該說自然而然會那樣才是最重要的，還是比較好……反正大概就是類似這種

感覺。』

她的意見意外正經。有點不懂怎麼正確表達，卻又如實表達出自己的心情。

感覺也像在接觸陌生的事物。

『抱歉，我不太會形容。』

「不，我也不介意。」

我多少能意會到她的意思，而且要是明確形容出來了，搞不好只會顯得很浮誇。

我感覺心情這種東西比起用方形來呈現，用圓形呈現會更好。

『話說，我們學校過一陣子就要辦教育旅行了。』

樽見提出話題。

「啊，我們也是。」

『原來小島你們學校也是啊。』

「嗯。你們要去哪裡？」

『東京。』

「去底斯尼？」

『沒有，好像不會去頂斯尼的樣子。』

不知為何我們兩個只有講到這個詞的時候聽起來有鄉音。

『小島你們那邊呢？』

「北九州。」

『喔～北九州的話，是去福岡嗎？』

「沒錯沒錯。還有長崎、熊本……吧。」

我一邊回想導覽手冊上的日程表，一邊回答。上面也有寫說會在溫泉旅館住一晚。

想必會滿屋子硫磺味吧。

『要搭飛機去嗎？』

「好像是。」

『我會幫妳祈禱不會墜機。』

「真是謝謝妳喔。」

我道完謝，樽見便稍做沉默。一段時間後，她接著說：

『我……問妳。』

「嗯。」

『等我們都去完旅行回來……呃，要不要……再約出來見面？』

這似乎是樽見打這通電話的用意。我也有想到我們最近都沒見到面。

我本來想說「好啊」。

但我感覺有人拉著我的袖子，說「不可以花心」。

把我綁在水底，不讓我浮上水面。

……不可以是嗎？或許真的不要這麼做比較好。

可是我也無法吐出所有藏在心底的話，藉此斬斷一些東西。

所以——

「嗯。」

我不接著講「好啊」，也不說「我考慮一下」。

這樣的回答沒有給出明確答案，很狡猾。

之後，這通電話就在很尷尬的氣氛下結束。我看著結束通話後的手機畫面，得知自己似乎只睡了幾分鐘。

我放下手機，環望周遭。

社妹整個人陷在黃色軟墊裡，趴著看電視。她在看的節目是都市麵包店特輯，每次畫面上出現麵包，就大感驚豔地喊著「喔喔～」，不斷上下踢腿。仔細一看，還發現所有的香蕉都成了桌上疊在一起的香蕉皮。而我妹正看著小水缸，觀察裡面的魚。她真的很喜歡照顧各種生物。她也常把社妹當妹妹看待。我愣愣地看著看著，上半身又不知不覺彎了下來，額頭就這麼撞上桌子。

「唉……」

我嘆了幾口氣，就好像在吐出氣泡。

安達會允許我跟樽見見面嗎？跟她說這件事，她絕對會生氣。可是偷偷跟樽見見面，也會有些愧疚。我是沒有要做什麼不可告人的事情，但看在安達眼裡，肯定會是無法裝作沒看見的大壞事。對安達來說，朋友跟情人都只要有一個就夠了。

簡單來說就是她超愛我。

這部分倒是無妨，不過——

「她的愛太沉重啦……」

她的愛完全能用船錨來形容。一個用來把我定在名為安達的大海，無法離開的錨。

應該在他人身上尋求自己缺乏的事物，還是要求對方也要有自己擁有的東西？

大概其中一種比較正直，比較純真，又或者該說普遍吧。

我會再次跟樽見漸行漸遠嗎？即使跨越一個巨大的障礙，又會接連產生新的高牆。因為退去的浪潮，必然會再次來臨。

人生充滿險峻的道路。我忍不住想要自嘲，明明想辦法克服了一堆險惡障礙，才有今天的我，可是我卻完全沒有長進。現在也總是在煩惱該採取什麼行動才是對的。

我多少猜想得到答案，但根本搞不懂計算過程。

十年後的舊金山對於連十秒後的未來都無法預期的我來說，根本黯淡無光。

「果然是因為那個吧……」

其實我沒資格對安達說三道四，因為我在這方面上也不夠用功。

當天晚上，我在房間裡四處打轉，想找到海獺的布偶。

我不理會我妹的抱怨，把整個櫃子裡的東西翻出來，鉅細靡遺地檢查每個角落。

我沒有找到那個布偶。

過去的教育旅行沒有多少回憶。我絲毫不記得當時的情景，實際上不適合用「回憶」這個詞談論它。就算是旅行這樣的活動，在我腦海中也只剩下這樣的印象，比旅行更沒有記憶點的事情則大多從來沒被我記在心上。我記得的只有當下那一天的耀眼程度，跟身體的沉重。

而現在，腦袋裡卻是一整天都開著一片廣大花海。有股強烈到很嗆鼻的花香味。裡面開的都是紅色、黃色等暖色系的花。花的香味與色彩的擾亂，催使時間快速流逝，使我的心靈總是帶著焦急情緒奔走。

或許這些都是在錯誤時節綻放的花。各式各樣的花朵無視於季節，遍布腦海。

不論是花很漂亮，還是那股花香有多麼濃烈，都是我過去不曾得知的事實，讓我陷入一段不短的困惑。但其實只要稍微停下腳步欣賞，就會發現這些花真的很美，會為心靈灌注一股柔和的力量，使人不禁沉醉在這股氣味當中。

我漸漸開始了解，這就是叫作幸福的現象。

要跟島村一起旅行了。光想到這件事，就會忍不住激動起來，或是陷入一陣慌亂。我自己也不知道自己的內心現在究竟是什麼狀態，可是又很坐立難安，一照鏡子就能清楚看出臉上的表情是一團糟。

不過，也有些我不太能接受的事情。

可以的話，我希望這趟旅行只有我們兩個人。而且是第一次一起旅行，就更應該不能有別人。

我因為這件事而悶悶不樂地走在前往打工地點的路上，途中我經過超市前面，發現有個很眼熟的人坐在那裡。她擺著一張椅子，桌上放著水晶球……「啊。」是那個占卜師。她光明正大地把攤子擺在停車場前面。明明感覺根本沒有徵求地主同意，她卻一點也不怕被抓包，悠悠哉哉地伸著懶腰。

占卜師在我還沒平復訝異情緒時跟我四目相交，接著便起身用超誇張的動作朝我揮手。

「嘿老碰友（老朋友），老碰友（老朋友）！」

誰跟妳是朋友。我撇開視線，打算離開，她卻跑到我正前方說「喂，妳給我站住」，堵住我的去路。

竟然能跑得比腳踏車快，動作也太敏捷了。

「……有事嗎？」

跟這名之前替我占卜的奇怪占卜師面對面，才發現她身高比我矮。

「感謝妳今天也來蒞臨本店嘿，老碰友。」

「我沒有蒞臨，也不是妳朋友。」

「逆豪哇（妳好啊）。」

把別人的話當耳邊風的占卜師把我拖到占卜攤位的座位上。雖然離上班還有段時間，不過我想拿打工當藉口逃走。可是感覺這樣她又會用很快的速度講一大串直接幫我占卜，再要我付錢，簡單來說，就是我逃不掉了。

她這次在跟之前完全不同的地點擺攤，但擺在桌上的水晶球跟裝飾還是跟之前一模一樣。

我覺得她這樣做生意很無拘無束，可以說走就走。乾脆弄一台攤車來擺攤還比較方便吧？

「那麼。」

坐回座位上的占卜師，隔著水晶球對我竊笑。

「跟女朋友處得還順利嗎？」

她又用很直接的問法提問。聽她用「女朋友」這個詞形容，讓我在桌下的雙腳忍不住雀躍地擺動。

雖然有些害臊，但她確實是我的女朋友。我感覺內心充實無比。

秋天氣息開始濃厚起來的風，輕輕搔過我的臉頰。

「很……很順利。」
「喔~一帆風順嗎?」
「呃,嗯。」
「沒有出問題?」
「沒……沒有。」
我些微舉起拳頭。
「也沒有任何不開心的事情?完全沒有?We get you~?」
她不斷提出疑問,像是要問到把地面的土都挖開來一樣執著。唔唔——我被逼得無法給出肯定回答。
「妳一直問,反而會讓我很不安耶。」
「好耶~畢竟客人沒有覺得不安,我也做不了生意啊。」
真討人厭的生意模式。還是該說是這個人很討人厭?
不過她的語調跟態度聽起來開心歸開心,表情卻沒太大變化,惹人厭的感覺沒有很重。
「真的沒有半點煩惱嗎?沒有怎樣嗎?」
她再次跟我確認。看來不說「有」,就不會乖乖放我走。
有種被很難纏的人記住長相的感覺。
於是我只好找些事情給她占卜。

「……那，其實我過一陣子就要去教育旅行了。」

「喔～這個詞聽起來真美妙啊。」

占卜師拉起袖子，像是很高興客人上鉤了。

「幫我占卜一下我該準備什麼才好。」

「包在我身上。」

占卜師意氣風發地接受我的要求，把手移到沒什麼機會被用到的水晶球上。

她面有難色，同時我聽到她小聲碎唸著「這種東西誰占卜得出來啊……」。

「圓喵～賀～啦～」

我不是因為聽不清楚就隨便翻譯她的話，而是她真的念出這種咒語。她的聲音像蒙古喉音唱法那樣，聽起來是兩個聲音。之前也看她在煎章魚燒，這個占卜師還真是多才多藝。

「感應到了感應到了。」

「感應到什麼？」

「注意別忘記帶東西，幸運色是藍色。」

占卜結果聽起來很耳熟。

「好了，三千圓。」

迅速結束祈禱儀式的占卜師朝我伸出手。

「好貴。」

「因為我這裡是很高級的店。」

「比之前還貴。」

「第一次有特別優惠價。」

「我沒帶錢包。」

「那，我以後就叫妳海螺小姐了。」

「……妳要那樣叫也沒關係。」

如果被這樣叫就可以不用付錢，確實是很超值。

「總之，祝妳這趟旅行玩得開心。」

「嗯……啊，可是是教育旅行，所以不是只有我們兩個去……我覺得旅行還是人少一點比較好。」

我現在才想起自己的煩惱。

「這樣啊。再另外去一趟不就好了嗎？」

「這次是第一次跟島村一起旅行……所以我比較希望第一次是兩個人單獨去……」

第一次的旅行絕對是只有我們兩個比較好。第一次竟然是團體旅行。而且還是學校安排的活動。

是很容易分心，難以集中注意力的環境。

我認為那會讓我跟島村值得紀念的旅程、回憶和經驗化成雜亂的碎片。大多事情還是第一次體驗時最能留下深刻印象。而那份印象會影響下一次，甚至後續幾次的體驗。就算耗費大量時間跟經驗累積，也很難抹除第一次體驗時得到的觀感。
凡事都是第一次最關鍵。
而我的第一次，就應該是「島村」。
我是這麼認為的。
「原來如此。」
原～來如此啊——占卜師說著，大動作點了點頭。
「這傢伙有夠難搞耶。」
她馬上轉頭不知道碎碎唸了什麼。我總覺得是在說我壞話。
「既然這樣，那妳們兩個就在教育旅行之前，先去旅行一趟不就好了嗎？」
占卜師拉下剛才拉起的袖子，以聽來有些嫌麻煩的語氣說道。
「喔喔……」
聽她提出很簡單的解決方法，本來應該要覺得很感動。但是，我卻覺得很沮喪。
「可是，我之前邀她一起去旅行就被拒絕了……」
「這樣啊……妳怎麼邀她的？」
「我說現在就去旅行。」
「那當然會拒絕啊……」占卜師閉上雙眼。她先是大吐一口氣，才露出面對客人用的微笑。

「妳至少也該約在星期六才對，這方面的考量很重要的。」

「……啊。」

我太急了，那時候是平日。島村個性挺正經的，我這樣說，她當然不會答應。腦袋一沸騰起來就會不受控地採取行動，可能算是我的壞習慣。

「反正，既然都決定要約了，就不必著急。畢竟人類只要有十小時，就能從東京飛到舊金山。」

為什麼會在這時候提到舊金山？感覺好像真的被她看穿心思，嚇了我一跳。

「付諸行動吧，女高中生！」

她伸出握拳的手。然後張開手，把手心朝上。

「三千圓。」

「就說我沒有帶錢包了。」

我站起身，沒有錢就是沒有錢。占卜師臉上掛著微笑，揮手目送我離去。

「拜拜～海螺小姐～」

別那樣叫。我不理會她，直接離開。

不過，占卜師的建議確實值得參考。

她說的很有道理。

只要先去旅行就好了。

那樣就能心平氣和面對教育旅行的到來。

我端坐在床上，發出「嗯、嗯」的聲音深思。要現在約約看嗎？要嗎？我猶豫不決，手在手機前面來來去去。島村會不會覺得很麻煩？

可是要是把我想先去旅行的心情全部解釋清楚，搞不好會因為講太久被嫌煩。

如果她問我為什麼要去旅行，該怎麼辦？我無法整理好自己的思緒。

仔細想想，我從來沒辦法在跟島村有關的事情上冷靜下來。從某一刻開始，這種狀態就一直持續著。象徵著這種狀態的，大概就是開在心裡的那些花朵吧。

最後，我還是沒頭沒腦地直接寄郵件給她。

『可以打電話給妳嗎？』

郵件寄出去之後，才想到用郵件問她旅行的事情就好了。

可是我也想聽聽島村的聲音，沒關係。

過沒多久，島村不是回覆郵件，而是打電話過來。我馬上接起電話。

『來了來了，有什麼事？』

聽到手機傳來島村一如往常的聲音，就鬆了口氣。

感覺像是爬過一道牆後，確定牆壁另一頭確實是自己熟悉的景象。

我深刻體會到島村身邊是我應該存在的地方，是我的歸屬，也是我應該待的地方。

刺鼻花香包覆了我的鼻子。

「我……我問妳。」

『嗯、嗯。』

「這個星期六，要不要……去旅行？」

「要記得買禮物回來喔。要買棒呆了的禮物。」

「妳有乖乖的，我就買。」

教育旅行出發當天早上，我在還沒換掉睡衣的妹妹目送下，穿上鞋子。

我妹還沒把頭髮綁起來，頭的側邊就已經有撮頭髮翹起來了。

「不要因為我不在，就寂寞到哭出來喔。」

「才不會咧。我踢。」

「呀！」

我妹踢了我的屁股。

「看我怎麼回敬妳。」

我跟被壓著太陽穴，不斷踢腿的我妹玩了一下，才放開她。

而大概是這樣玩，也讓她整個清醒了。

「啊，是說小社不知道跑到哪裡去了。」

我妹摸著眼睛旁邊，轉頭確認周遭說。

「我剛才好像是有在廚房看到她啦。」

「真的很容易在廚房碰到她耶……」

都是因為妳隨便拿東西餵她……最先餵她的好像是我。

我朝妹妹揮揮手，離開家門。彷彿夏日餘燼的微微熱氣隨即迎面而來。

十月的早晨會在有些朦朧的藍天之中開始。雲變得細碎，相互交錯，讓我得知周圍風景比氣溫搶先進入了秋天。對面房子一開始在大片陰影下顯得昏暗，隨著太陽升起，窗戶也亮起光芒。

我用眼睛跟鼻子感受那道光線與那份空氣，感覺身體裡竄出一股熱。

平時這種日子安達可能會到我家來接我，不過今天我得獨自出發。

眼前只見由天上運行的星星呈現的小小風景。

我重新揹好包包。

「好，走吧。」

我像是在對人宣告似的說出這番話，前往學校。

在那裡等著我的，是我有些教人傷腦筋的女朋友。

遊覽車已經在學校校舍前面等了。我們要搭這些遊覽車到車站，再轉乘一次，才能到機場。這裡不是能搭一班電車就到機場的方便地區。

我看著遊覽車印在車身側邊的本地吉祥物，朝熱鬧的地方走去。已經有不少同學聚在一起聊天了。也有看到日野跟永藤的身影。

「嗨村兒～」

日野親暱地用幾乎不留原貌的暱稱呼喚我。

「島早安。」

永藤的叫法意外普通。隨後她打了個大呵欠，拿下眼鏡。

「這傢伙在睡前整理行李弄了三次，搞得睡覺時間也變少了。」

「哈哈哈……」

我笑歸笑，卻也沒資格說別人。

「幸好我在日野家過夜，才沒有遲到。」

哈哈哈——永藤洋洋得意地笑了出來。日野則說著「我告訴妳」，瞇起雙眼仰望永藤。

「怎麼樣？」

「我其實很不喜歡讓妳來我家過夜。可是妳又自作主張跑過來。」

「為啥米不喜歡？」

「這關係到很多事情啦，很多事情。」

日野不多做說明，左右擺了擺手。永藤盯著日野的臉，嚷著「為啥米？為啥米？」

我想起母親在安達來家裡過夜時的態度，大概猜得出她不喜歡讓永藤到家裡住的理由。

「島島的行李好多喔。妳很期待這次旅行嗎？」

島變多了。

「也不是說很期待，只是覺得很多東西都需要帶一下，就不知不覺帶了一大堆……」

「啊，安達兒在那邊耶。」

日野特地告訴我這件事。我往她指著的方向看，看見了安達的背影跟背包。

而她身旁當然沒有任何人，只有她自己一個人。

「嗯，謝了。」

「再見～島島島。」

別變更多啦。

我對日野道謝，往安達那裡走去。我聽到後頭依然傳出「為啥米？為啥米？」的聲音。

我靠近安達。她好像有發現我來了，但沒有滿面笑容地往我跑過來。

其實我們之間有點不太愉快……有發生了一點事情。

也不曉得安達在想什麼，說想要在教育旅行之前去一趟只有我們兩個的旅行。我當然拒絕了，結果她好像不太開心，有點鬧脾氣。安達的思維不是一般人能理解的。

「早。」

我當作什麼都沒發生過，對她打招呼。

「嗯……」

她僵起肩膀，用微小的反應回應我。看來她還在不開心。

這孩子真教人傷腦筋啊——我不禁苦笑。她的反應跟我妹鬧脾氣時很像，既然很像，那應該能船到橋頭自然直吧。

過一段時間後，我們照老師的指示搭上遊覽車。座位除了同組的人要坐在一起以外，沒有任何限制，所以我跟安達當然是一起坐。我們坐的位置剛好在車子後輪的正上方。

遊覽車發動引擎後，我往走道另一端的隔壁座位偷瞄一眼。反正對方大概也不怎麼會注意我們的一舉一動。

我保持面向前方的狀態，握起安達的手。

我在握住她的手之前不小心先把手放在她的大腿上，不過我並不是在性騷擾。

安達柔嫩的手跳了一下。我用掌心包住她的手，笑說：

「難得出來旅行，開心點嘛。」

畢竟我們是高中生，這次也是最後一次教育旅行。沒有下一次了。而這趟旅行很可能會是眾多平凡回憶被埋沒在記憶深處時，依然能夠永生難忘的一段經歷。

安達倒抽一口氣，然後，回握我的手。

「就算無法當作一切都沒發生過，現在也先把那些事情放在一邊吧。等這趟旅行結束，再繼續煩惱，繼續鬧脾氣，繼續吵架……好嗎？」

說著，才想到我們兩個都不是那種想法能說變就變的人。

我對安達的個性熟悉到至少能了解這一點。

「不好的話，我想想……我就笑笑地盯著妳看，看到妳開心為止。」

我選擇應該對安達最有效的攻擊方式。我不理會安達聽我這麼講以後就訝異得睜大了眼睛，持續掛著微笑凝視她。這讓安達一如我預期的眼神游移，臉頰發紅，不久我就放鬆下來，露出自然的微笑。啊，真可愛——但我冒出這種想法的時間只有一瞬間。

「那個……抱歉。」

安達顯得有些沮喪。似乎是在反省自己對我鬧脾氣。

「哈哈哈，沒關係、沒關係。反正這趟旅行才剛開始。」

還來得及喔——我笑說。

聽我這麼說完，安達又再一次露出害臊的笑容。

於是，教育旅行就這麼啟程了。目的地是北九州。

高中二年級的初秋，我將會第一次拉近與這片天空的距離。

老實說，我也是第一次來機場。

路上，我也像個鄉巴佬一樣四處張望。

搭上飛機後，心神不定的情況更是一口氣加劇。

坐上飛機上的椅子一陣子後，機內漸漸變得很吵。四周傳來的巨響讓我有些不安，心想「咦？這樣沒問題嗎？不會爆炸吧？」。這種聲音聽起來像是把空氣劃成碎片，是一種很細長、尖銳的聲音。接著，飛機開始動了起來。

我的頭也隨著飛機的移動晃來晃去。

外頭的景色開始搖晃，飛機順著跑道轉向。我小聲發出類似哀號的「喔喔喔」叫聲時，聲音又變得更巨大，飛機也往前移動。前進的力道讓我的背部用力壓在椅背上。巨大聲響聚合起來，往後方遠去，同時身體跟機艙角度變得傾斜。

飛機起飛。

感覺好像整個座位都要飛起來了，害我下意識咬緊牙根。

景色呈傾斜狀態，飛機順著肉眼看不見的上坡往上飛升。

我座位底下的腳浮在半空中。

飛機掀起名為重力的簾幕，飛上天空。

等我整個掌心都是手汗的時候，耳邊傳來飛機已經進入穩定飛行狀態的廣播，但我還是很懷疑是不是真的，忍不住到處張望。巨響沒有消失，飛機裡又窄，有很多難以適應的狀況。當我一直冷靜不下來時，換安達主動牽起我的手，跟在遊覽車上時相反。我剛才是偷偷摸摸的，安達則是光明正大地直接握住我的手。這種小動作上也看得出我們之間的心態差異呢——我心裡冒出奇怪的感慨。也心想會不會因為手汗暴露一些事情。

我想要跟她說點什麼。不過，安達似乎正在專心享受跟我牽手的情境。看到她臉朝正前方，眼神平靜的模樣，我就閉上了本來打算開口說話的嘴巴。

我重新在位子上坐好，轉頭面向前方。

心臟跟手腕的脈搏聲，大得不輸飛機產生的聲音。

我們在遙遠的天上，牽著彼此的手。

想到這裡，就有種有些害臊的奇妙情緒湧上心頭。

我在飛機降落的途中看著窗外北九州的市景跟山色，雖然接近那幅景象的過程弄得我心裡七上八下的，不過飛機最終還是平安降落在機場。著陸後繼續前進產生的聲音一樣刺耳，身體感受到的強烈重力也讓我膽戰心驚。看來要在這顆星球上飛行，果然是件非常大費周章的事情。

鳥這種生物真厲害，太厲害了。

下飛機以後，我有一段時間都是跟著人群走。耳朵塞住的感覺在途中好了。耳朵一恢復正常，各種聲響就立刻傳進本來塞住的耳中。前面跟後面同學嘈雜的講話聲最為明顯，弄得我頭昏腦脹。

「明明在夢裡面飛的時候輕飄飄的……」

「嗯？」

「沒事。」

就算只是小聲講話，也會被安達聽到，真是一刻都不得大意……大意？跟女朋友講話也要處於緊繃狀態的話，要什麼時候才有辦法喘口氣？可是又想讓親暱的人看見自己可靠的模樣，想讓對方對自己抱持好感，所以反而會更緊繃嗎？感覺會把自己累到肩頸僵硬。

戀愛好難啊。

在機場裡走一大段路到底下的機場大廳，花了不少時間。我們在大廳分成各個小組，等待接下來的指示。想去廁所的人則是把行李交給朋友看管，往廁所方向跑去。

我看到遠處有穿著制服的一群人在走動。原來也有學校的教育旅行時間跟地點跟我們一樣啊——我如此心想，目送穿著綠色制服的人群離開。我們那裡的農業高中制服也是綠色的，不過他們的顏色比農業高中的還要更暗一點。

我到處東張西望。明明這裡離平常的生活圈很遠，味道跟氣氛卻沒有很新奇。耳邊聽見

的也盡是日文，而且一大群人聚在一起很熱，外頭天氣也是大晴天。
我以為旅行會有些煥然一新的體驗，所以有一點失望。
「安達妳不用去廁所嗎？」
「嗯……」
本來要點頭回應我的安達噘起嘴唇。
「妳……妳把我當小孩子嗎？」
「沒有啦～我沒那個意思。」
我以開朗語氣回答，重新揹好包包。
這時傳來「啾唔」的聲音。
「…………………………」
我的背後開始冒汗。
「島村？」
我當場跳了兩三下。
「咕耶～」包包裡果然傳出一陣完全沒有緊張感的朦朧叫聲。
汗水的領地擴大到額頭來了。
「抱歉，等我一下。」
我跟小組成員知會一聲，打算找個隱密的地方。不過，卻有陣腳步聲緊跟著我不放。

轉過頭，就發現是安達低著頭跟了過來。她這副模樣讓我聯想到雛鳥。

「安達妳也先等我一下。」

「咦？為什麼？」

「一下下就好了～」

我摸摸安達的頭，接著她把頭靠過來，像是要我多摸幾下。

我摸我摸。

安達扭著下嘴唇，細心享受這個時刻。

「……我摸。」

手開始變熱了。

不行，這樣下去會摸個沒完沒了。

手一移開，安達就稍稍挺起左右肩膀。她本來似乎是像抓飛蟲那樣，反射性地想抓住我的手。像這樣正面相望，就會注意到彼此的身高差距。

……唔唔。感覺這一年來，身高差距反而更大了。

「安達，我希望妳有時候也可以乖乖聽我的話。」

我刻意表現出溫柔的語氣。隨後，安達不曉得是不是誤以為我暗指她耍任性。

她原本開心到鬆懈下來的神情瞬間出現變化，變得有些僵硬。

「對不起，那個，我不是在耍任性，只是……不太想跟妳分開……」

先是一陣手足無措，接著扭起身子——安達的反應急遽轉變。
「呃，也沒那麼嚴重啦。」
我說真的。我舉手示意要暫時離開，連忙走到一旁。安達則是待在原地，目送我離去。
讓安達看到好像也……不對，感覺事情會弄得意外麻煩——我改變了心意。
「好了。」
我走到手扶梯後面，避開他人的視線放下包包。我注意著周遭狀況，下定決心打開包包，
就看到一顆水藍色的頭。
「…………………………」
彷彿一隻小動物從巢穴探頭出來。
「早安啊。」
我心裡覺得「不可能吧」跟「唔哇，果然是她」的兩種矛盾心情弄得我很混亂。心裡刮過一陣帶著沙礫的暴風。當我被社妹弄得啞口無言時，她開始四處張望，觀察周遭。
「這裡是哪裡？」
怎麼是妳問我啊？我差點開口嘆道。我才有很多問題想要問妳好不好。
「這裡是機場，應該說是我們旅行的目的地。」
「喔～喔～」
我馬上就聽出她附和得很敷衍。

「不說這個了，呃，首先……對。妳為什麼會在包包裡面？」
雖然問都問了，但最先問的是這個問題真的好嗎？
人還在包包裡的社妹語氣輕鬆地說：「關於這個嘛——」
「因為今天早上去妳家玩，看到有包包放在旁邊。」
「嗯。」
「不小心就跑進去了。」
「不小心是怎樣？」
「然後不小心睡著。」
「不小心。」
「等醒來就已經在這裡了。」
她不知道為什麼喊著「哇～」，開心地舉起雙手。
沒有被行李檢查抓出來也太神奇了。不過，光是她有辦法躲進也不算大的背包裡，就已經不是用神奇形容就能了事的怪事了。明明包包裡還有放其他東西。
仔細去想這件事情會很恐怖，於是我決定睜隻眼閉隻眼。
「又不能叫妳滾回去，帶著妳走也很奇怪……妳要進包包裡面嗎？」
「就這麼辦吧。」
沒有任何質疑就接受我這份提議的社妹怪歸怪，但想出這個主意的我也差不了多少。

「記得不要隨便探頭出來。」

「啊，這妳不用擔心。妳不叫我，我就會一直睡覺。」

呵呵呵——只有頭露在包包外面的傢伙發出笑聲，態度非常心平氣和。

我有些羨慕她有辦法這麼悠哉。

「請當作我是禰豆子吧。」

「那我可以讓妳戴口塞嗎？」（註：此指漫畫《鬼滅之刃》的女主角「竈門禰豆子」在變成鬼後避免衝動咬人而咬著竹子，且能變小躲在哥哥炭治郎背後的箱子中）

我把包包揹起來，卻輕得不像裡面有裝人。這樣就算要揹著她走路，也不會造成我身體上的負擔。雖然感覺會造成一些心靈層面上的負擔。

「妳不吃飯沒關係嗎？」

我姑且擔心一下。她要是在我的包包裡變成人乾，我也很困擾。

「安啦。」

「好過氣的講法。」

「不過如果給我水果吃，我會很開心喔。」

「好啦、好啦，我考慮。」

要是被人看到，會不會被誤以為我綁架小孩？我沒有自信能解釋清楚這到底是什麼狀況。

「抱歉，讓大家久等了。」

我一回來，安達就靠到我旁邊。她黏過來的感覺很像磁鐵。而我雖然跟同個小組的大家一起行動，卻也是分成兩人跟三人的小圈圈。主要是因為安達在我們之間建立起一道牆。

她們好心邀我們同組還保持距離是有些過意不去，可是我們的交友關係就是這樣，沒辦法。我覺得安達大概無法跟她們好好相處。但以安達的個性來說，這樣算處得很好了，所以其實只要改變思考的角度，就會有不同看法，讓我只好感嘆這件事情實在很複雜。

機場內的空氣聞起來跟家鄉的幾乎一模一樣。有些厚實的熱氣讓鼻子變得乾燥。如果是去國外，市景跟氣溫的差異會大到讓我感覺身處新天地嗎？

日野應該體驗過那種感覺很多次了吧。

即使彼此年齡相同，活過相同長度的時光，走過的路卻也有相當大的不同。

不過，我的經歷也很寶貴，不是很想跟別人交換人生就是了。

我花了些無謂的時間思考這些，不過我不討厭走到機場外之後，沐浴在斜射陽光下的感覺。陽光總是會給人有某些事情即將展開的印象。

之後又再次搭上遊覽車，坐了很長一段距離。我腦袋裡只有斷斷續續，似乎是看著路上風景時好幾次昏睡過去的記憶。遊覽車比飛機上好睡很多呢。我微微轉過頭，發現安達正駝著背看手機。

她專心看著手機看到出神，讓我好奇地偷看到底是什麼，就發現手機畫面裡是我。

手機的待機畫面是睡著的我。

是我靠在遊覽車窗邊睡覺的模樣。

我心想自己睡著的表情真是毫無戒心，也有些羨慕睡著時眼角跟嘴角放鬆的感覺。雖然是自己的臉，可是醒著的時候，我沒辦法露出這麼鬆懈的神情。還有，我好像沒有流口水，太好了。

據母親的說法，我睡覺似乎很會流一大堆口水。

「人很少有機會看到自己的睡臉呢。」

我一出聲，安達整個人都震了一下。她連忙轉頭看我，頭髮也跟著她的動作晃動。她的額頭已經馬上流出冷汗，很容易看出她非常慌張。

「妳這是在偷拍我嗎？小櫻妹妹。」

這牽涉到肖像權喔——我雖然不太懂那是什麼，還是拿出來說。

安達猛烈搖頭。她的頭髮不斷打到她自己的鼻子跟臉頰，感覺很痛。

因為很有趣，我就默默看著她，不久安達也放棄掙扎，垂下頭來。

「對不起。」

「沒有啦，我也不介意。」

我的睡臉大概就是可愛到她會想拿來當待機畫面吧……是嗎？

「妳拍這張照片的時候在想什麼？」

我很好奇她究竟在想什麼，才會記錄下別人的睡臉。安達身體往後仰，像是在表達「咦……妳居然要問這個？」。看來她當下想的是一些被別人問到會很難回答的事情。會是在想什麼？好期待她的回答。

我希望她可以在遊覽車抵達目的地之前告訴我。我看了窗外一眼，如此心想。

安達握拳的雙手依舊放在大腿上，小聲回答：

「我……我在想……妳好漂亮。」

她不只是嘴巴在顫抖，連耳朵邊緣都在抖。真靈巧的耳朵。

「漂亮？我嗎？」

安達迅速點了點頭好幾次。

「很少有人這樣說我耶。」

如果是「可愛」，樽見倒是有說過幾次。我想起樽見。

難得修復的某種東西，又漸漸毀壞。

這件事會嚴重打亂我的心思，會想閉上雙眼。

「那……或許是件……好事。」

安達小聲說道。我一開始沒有搞懂她這份意見是針對哪件事情。

不過我想到人不可能讀心，才知道她是指什麼。

「哪裡好啦？」

知道別人不會被稱讚還很高興，安達心裡是住了一隻魔鬼嗎？

「……因為島村很漂亮的話，搞不好會有其他人黏上來。」

她說著這番話，用濕潤的雙眼揚起視線窺探我的臉。

原來是這麼一回事啊。咦，那所以我還是不漂亮嗎？好過分。

「啊，妳真的很漂亮！沒有人這樣說妳，大概是……不敢說……之類的？」

「啊～沒關係啦，妳不用特地安慰我。」

我覺得安達長得比較漂亮就是了。不過安達感覺被其他人這麼說，也不會高興。但由我來說的話，可能馬上就會整張臉紅通通的，唔～她還真愛我耶——我暗自感到害臊。

就是因為她心裡有這種喜歡，而且關於我的什麼事情都喜歡，才會拍照吧。

……嗯……照片啊。

「我也要拍，妳可以先睡一下嗎？」

「咦！」

我強人所難的要求嚇到了安達。不過，她還是把我的話當真，閉上眼睛。我明明是半開玩笑的，安達真聽話。她閉上眼，皺起眉間。她一定正集中精神命令自己入睡。要是那樣真的有催眠效果就太厲害了，於是我一手拿著手機，在一旁觀察。

如果真的睡著，安達的外號就叫○雄了。

不久，一直唔唔叫著的安達張開眼皮，轉頭看向我。

「抱歉，我睡不著。」

「我想也是啦～」

安達放棄挑戰的模樣太有趣，我忍不住拍拍她的肩說：

「那，就讓我拍一張妳的笑容吧。」

「咦！」

她對於一樣強人所難的要求做出一樣的反應。這次的要求不算完全辦不到吧？

我把手機就定位。

「麻煩妳笑一下嘍。」

「咦，啊……嗯。」

經過我催促後，安達她……似乎在笑。

她睜大眼睛，眼角有一點點緊繃。嘴角則像她平時畏縮的樣子，不太敢勾出一道笑容。鼻尖也不知該何去何從地左右移動，再要她比ＹＡ的話，整個場面會變得很像在威脅人。安達的笑容用上很多複雜技巧。

當我在煩惱這能不能算安達最燦爛的笑容時，她的額頭已經開始冒出冷汗。

「感覺很像不想笑又硬要笑……」

是沒錯啦。

「安達妳很不會笑呢。」

雖然常常會在不經意看她一眼的時候，發現她露出傻笑。明明那種時候就笑得很可愛。被我說不擅長笑的安達努力改善自己的笑容，扭著下唇；眼睛則不曉得是不是已經放棄掙扎而閉了起來，還是亂了方寸，表情變得更不協調了。她最後抬起下巴，嘴巴朝著奇怪的方向，但我很中意這種大概絲毫稱不上笑容，總的來說「扭曲得很好笑」的表情，就這麼拍下來留念了。安達聽到拍照的聲音後，戰戰兢兢地睜開眼。

「啊……我……我有笑成功嗎？」

「沒有，不太成功。」

不過我笑了。臉頰依然有些泛紅的安達開口問：

「什麼意思？」

「別在意、別在意～」

我確認照片拍得如何。照片拍下的安達跟我親眼看見的絲毫不差。這年頭的相機功能真優秀。晚點再把這張照片設定成待機畫面，就會變成我們兩個都出現在彼此的手機畫面上。

喔喔，這樣挺像女朋友跟女朋友之間會做的事情。

「那個！島村！」

「怎麼了？」

拿走手機後，我又再次看見安達。而且臉很紅。

「雖然我很不會笑，可是跟島村相處起來真的很開心，有時候心臟會跳得很快，或是不知所措，呃……可是我希望，可以讓妳確切感受到我的心情。」

安達眼睛跟嘴巴的動作感覺很慌，但依然傳達出她的想法。

前後說的話有些對不上的混亂發言。這徹底表現了安達的個性。

而我直接接收了安達這段感覺會提高車內氣溫的一番話。

安達大概完全沒考慮到可能會被周圍的人聽見。

「呃，這個嘛，謝謝妳。」

我有些害臊。安達臉上的紅暈也遲遲無法消散。

我也不多做顧慮，無視周遭人可能會有什麼想法，會發現搭車的路程其實也挺開心的。

這或許是我第一次站在海上。

我手臂搭在郵輪的扶手上，閉上眼，就更能體會到身體隨著海浪搖盪。輕拂耳邊的風也感覺多了點寒意跟強度。我任憑攪亂眼底那片黑暗的某種東西擺布，卻不會感到任何不安。

「妳很睏嗎？」

一旁有人說出一點也不夢幻的話。覺得有些掃興的我睜開眼，轉頭看往旁邊。

站在旁邊的安達手壓被風吹動的頭髮，用她圓圓的眼睛看著我。安達整體上會給人成熟的印象，不過舉手投足間又會流露稚氣。

尤其她看著我的那雙圓圓大眼中，有某種跟我妹一樣的感覺。

「妳真不解風情耶，安達小妹妹。」

妳要像這樣、這樣——我張開雙手，努力想讓她了解到這種難以言喻的東西。

特地拉長前往下個目的地路程的郵輪之旅、同學們的喧鬧聲、沒有任何掩蔽物的大海、感覺很大的船（好像也沒有很大）的甲板、環繞四周的白色與藍色。

在我化身點綴這種世界的微小存在之一，感受周遭變化的時候，說我看起來很睏實在太掃興了。就算早起導致我的臉上還留有少許睡意，還在海水影響下化開，慢慢滲進臉裡，掃興的事情就是很掃興。

並不是每一件事都是說真話最好。

「啊，呃……妳剛才在沉溺心情？」

安達想出聽起來滿識趣的說法，沒有仔細想清楚跟確認說得正不正確，就說出口。

「嗯，我大白天的就在沉溺心情了。」（註：此處「沉溺心情」日文中音近「黃昏」）

旅行真的很神奇，居然有辦法做這種事情。

我從扶手邊緣往下看，可以看見純白的船身正劃開海洋。飛濺的水花有時濺得很高，輕輕沾濕我們的臉頰。隨後而來的刺鼻鹹味深入鼻腔深處，這就是海水的味道嗎？

「總算有在旅行的感覺了。」

我對旅行的印象，似乎有很大部分來自船跟海。

我心裡甚至有種不知從何而來的感覺，像是回到了自己家。

其他同學把船員在上船後發的小點心，丟向群聚的海鷗。不曉得這些海鷗是不是養來做觀光用途，已經習慣餵食了，牠們都很精準地接住丟到空中的點心，沒有漏接。看著這幅景象，我心想社妹應該也能這樣玩。雖然有被叮嚀這是快要到期的點心，不要拿來吃，所以也不能餵給她吃。

海鷗有時跟我們的距離會近到幾乎近在眼前，突然有海鷗從身旁飛過去會忍不住僵直身體。要是我的反應太大，海鷗也會有點被嚇到，逃去其他地方。

「妳喜歡搭船？」

「這是我第一次搭船。」

不過我覺得搭船跟我的波長很合。因為是船，是大海，所以「波」長很合……好像講得不是很好。

我決定話不要講得太滿。

「希望過陣子還有機會搭船。」

我這份希望只是像氣球一樣灌氣脹大，沒有具體目標。

「那我們就製造機會去搭船吧。」

那顆氣球被安達用力抓住，拿到我面前。

安達的話語沒有任何可以挑剔的破綻，也正因如此顯得堅不可摧。

「說的也是。」

回應的同時，我再次把上半身倚靠在扶手上，凝視船頭方向的景色。

整體而言應該只屬於極小部分的海景，對我個人來說卻是寬闊無際。能夠看見眼前的每一個角落，卻什麼都看不見。

我感覺就像獨自漂浮在這樣的世界之中。

稍強的風中所帶的寒意，讓我不禁顫抖。

下船經過一小段路後，就到了我也聽過名字的一座公園。雖然它的正式名稱不是公園，是個有神社、漂亮的流水景觀等許多必看之處的有名景點，但我們來這不是為了這些景點，只是要來吃午餐。一樓是賣當地名產，二樓是餐廳。我們爬上樓，各個小組接連坐到餐廳替我們準備的長桌前。我坐在邊緣的位子，而安達當然選擇坐在我旁邊。我沒來由地用手指梳起安達的瀏海，她就用疑惑的眼神看向我。

「沒什麼。」

「這樣我會很在意……」

我覺得她很像黏人的中型犬這件事得要保密。

我把放著社妹的包包放在椅子旁邊。我姑且有用很輕的力道放。

沒有聽到「咕耶～」或「嘰耶～」之類的聲音。

午餐的餐點是蕎麥麵跟馬肉涮涮鍋。這是我第一次吃馬肉。今天有很多人生中的第一次，以旅行來說是很不錯的一段體驗。我用筷子夾起擺在盤上的肉，為肉的薄度感到驚豔。大概比一般的人情味還要淡薄。

我把肉夾在面前觀察，這時候安達對我說：

「原來妳喜歡吃這個嗎？」

「沒有，我以前沒吃過。」

「啊，我也是。」

安達露出開心的笑容。一般會高興這個嗎？我心中差點冒出這樣的疑問。

看來只要是跟我一起，什麼事情都會讓她很開心。

安達喜歡跟自己一樣的人嗎？……不，應該不太可能。

感覺她反而不喜歡自己。

也就是說，安達跟我並不像。

在這樣的前提之下，詢問想法不同的人的意見。總覺得很矛盾。

我一邊想著有些複雜的問題，一邊吸著蕎麥麵。殘留粉末口感的麵經過喉嚨的感覺實在是一大享受。涮好的馬肉味道也不會很清淡。我咬了幾口，才發現自己沒有沾醬。

安達也臉色平靜地小口吃著蕎麥麵。我無法想像安達說「這個好好吃，超好吃！」的模

樣。我觀察了她一下，她馬上就發現我在看她，也轉過來看我。

她充滿好奇的眼神，在等待我的反應。

真可愛。

「沒怎樣啊。」

「就說這樣我會很在意了……」

甜點附有兩塊切好的蘋果。她會吃嗎？我用筷子把蘋果夾到包包旁邊，還沒打開包包，就有個很像是白皙手臂的東西迅速伸出來。被用迅雷不及掩耳的速度搶走了。有夠恐怖。仔細聽，還會聽到包包裡面傳來咬蘋果的清脆聲響，跟「好吃～」的聲音。現在還是覺得有點恐怖。我再拿另一塊蘋果過來，馬上又被她的快手收走。

應該沒被人看到吧？我有些緊張。

我感覺得到自己雖然故作鎮定，臉頰肌肉還是不禁僵硬起來。

隨後我不經意看了看四周，跟坐在跟我們隔一張桌子那一桌的永藤對上眼。

「啊。」

永藤戴上原本摘下的眼鏡。這讓她外表上的聰明度增加了三成。她拿著蕎麥麵離開座位，過來我們這裡。為什麼要帶著麵？永藤的獨有的作風不會因為有戴眼鏡就出現變化。

永藤繞了一大圈，來到我背後。我抬頭看著她的蕎麥麵跟胸部。像這樣在跟平時完全不同的極近距離下看，就覺得很壯觀。好像在仰望著隨時會墜落的星星。

……她胸前的隆起是這麼具有詩意的東西嗎？
「唔～」
她俯視我的包包。看來全被她看見了。
「小島島，妳剛才有沒有看到什麼很有趣的事情？」
咦～妳在說什麼啊～？
沒有啦，是妳看錯了。
永藤妳一直都很有趣啊。
我臨時想出三種可以選擇的回答。
不過真正該考慮的，是對方是永藤這一點。
「有嗎？」
「有的話就好玩了。」
不好玩。
「永藤，妳的裸視視力是多少？」
「兩邊都是０．１。」
她慵懶地比著「ＹＡ～」的勝利手勢。
「妳這樣的視力看到的東西能相信嗎？」
「嗯，完全不能。」

她好像認同我的說法了。不愧是永藤，搞不懂在想什麼。
永藤說著「再會了」離開。手上還拿著蕎麥麵。
我聽到日野在永藤回到座位後，問她：「妳在幹麼？」
「剛才是在幹麼？」
安達也問我類似的問題。我困惑表示：「我也不知道。」
「畢竟莫名其妙就是永藤獨一無二的特色。」
我決定用這個藉口解釋。或許該慶幸看到的人是永藤。
我偷瞄包包一眼。她沒有探頭出來，太好了。
也聽不到咬蘋果的清脆聲響了。
「小島島……」
安達停下筷子，小聲碎念。跟吃完蕎麥麵之後的嘴巴裡面一樣乾。（註：此處「碎念」跟「乾」同音）
「島……島島……同學。」
她轉過頭來，用有些僵硬的神情在叫我？的樣子。
「聽起來好像斑馬。」（註：日文中「島島」音近「斑馬」）
「嗯……」
安達實際講出來以後，似乎也沒有覺得很順口。

被當成斑馬的我只要叫幾聲回應就好了嗎？……不過斑馬會叫嗎？

我朦朧回想起自己曾親眼見過斑馬。

我有跟家人一起去過動物園。是我妹才兩歲還三歲的時候。所以我妹可能不記得了。當時我很喜歡野鳥專區，在那裡聽鳥鳴。

剛學會說話的我妹，則是一個個重覆母親指著的動物的名字。

我記得發生過這樣的事情，最終卻還是沒有浮現跟斑馬有關的回憶。

這斑馬也太神祕了。

我先不管這件事，對安達問：

「妳不介意的話，可以給我一塊蘋果嗎？」

「咦，嗯。」

我明明說要一個，她卻把兩塊蘋果連著盤子一起拿給我。算了，無所謂。我接過盤子，在安達移開視線的那一瞬間把蘋果拿到包包旁邊。蘋果被用超高手速拿走了。我可能目擊到了不得了的景象──我心裡隱約冒出這種想法。

「謝謝。」

我把盤子還給安達，接著她疑惑地睜大了雙眼。

「咦？妳已經吃完了嗎？」

「嘿嘿。」

我聽著耳邊傳來的清脆咀嚼聲，笑著回應她的疑問。

在公園吃完午餐之後，我們真的幾乎沒有參觀景點就搭上遊覽車，開始一趟地獄巡禮。真的就叫這個名字。車子沒有停下來讓我們下車，而是以單純開車經過景點的方式參觀。途中有個地方有很多鱷魚，那裡最引起我的興趣。

「島村妳喜歡動物嗎？」

大概是因為我一直在看鱷魚，安達開口問了我這個問題。

「是啊。搞不好算滿喜歡的。」

我回想起動物園跟小剛，表示肯定。

「…………」

「島村？」

我有點煩惱這樣講完再補充說明「也喜歡安達」，會算是很失禮嗎？

在地獄觀光一輪以後，我們便前往第一天住的旅館。才來到旅館前面，就可以清楚聞到硫磺味。聞不習慣會覺得臭的這種味道不只在旅館內，連被帶到每個小組各自的房間後，也依然聞得到。溫泉景點都是這樣子嗎？

室內是和室構造，榻榻米跟牆壁都呈現泛黃。看來這裡的日照狀況很不錯。電燈燈光沒有很亮，使天花板角落有些昏暗。在這很有年代感的房間當中，唯有全新的電視顯得格格不入。

桑喬她們三個不曉得是不是走累了，放完行李就在休息了。我把包包放在跟她們三個反方向的位置。要拿包包裡面的東西的時候該怎麼辦？很普通地把手伸進去會怎麼樣？唔……先要她出去一下？或者叫社妹幫我拿就好了。我沒有放過安達離開我旁邊的瞬間，對著包包說：

「可以幫我拿要換穿的衣服嗎？」

很像手的白色物體神速拿出放在包包裡的東西。我要她拿的衣服都出來了。教育旅行的導覽手冊也順便被拿出來了。這看起來像要換的衣服嗎？是要穿在哪裡？

「這個收起來。」

我要她收回去，導覽手冊馬上就被吸進了包包。

這還滿方便的……算方便嗎？無論如何，看來她要拿東西出來似乎不會花費太多力氣。

要是旅館的晚餐有水果或點心，就偷偷拿回來吧。

「島村？」

安達對跟開心跟包包說話的我問道。

「妳把衣服也拿出來了，是要換了嗎？」

「啊～呃～想說整理一下。」

我連忙整理好衣服。之後抬頭看著安達，用傻笑敷衍過去。

「怎……怎麼了？」

「在想妳心情好像好很多了。」
明明安達出發之前還在不開心，現在卻已經一如往常了。
聽到我這麼說的安達，腳開始扭動起來。她落在我身上的影子也跟著舞動。
「都……都是因為……島村妳……」
安達鬧起彆扭。看來她原本的不滿還沒徹底消散。不過我完全不能理解到底有什麼好堅持的。就算要她解釋，我大概也只能一知半解。
安達的價值觀有時候很莫名其妙。但或許就是有這種令人費解的部分，才反而有她的魅力在。
「雖然不會馬上去，不過以後找個機會就我們兩個去旅行吧。」
「妳說以後，是什麼時候？」
她吐槽得像小朋友很疑惑大人會不會遵守口頭約定。問到這麼詳細，我也很傷腦筋。
「唔～等我們從學校畢業之後？」
我說出沒有確切時間的預定行程，發現安達的眼神在抱怨太久了。
「呃，老實說我也沒有錢可以旅行。要存到那麼多錢，應該也要等到畢業之後吧。」
我說完不能馬上旅行的理由後，安達就一副已經等待這一刻到來很久似的摀著胸口，強調：
「我可以幫忙出錢！」

關於安達同學的小知識。安達有在打工。雖然她的個性很難說得上具有社交性。

「這……嗯，嗯~這樣也不太好。」

這樣我不就像抱著有經濟能力的女友大腿亂花錢的惡棍嗎？

實際上，如果我要安達買一堆東西送我，她很可能幾乎都會買回來。

妳真該慶幸我不是那麼膽大包天的惡棍啊，安達。

「可是我的存款也沒地方花。」

沒地方花就繼續存著吧。畢竟也不知道什麼時候會需要花錢。不過以安達的角度來說，現在好像就是那個花錢的時候。

「唔……那，我也去打工好了。」

「島村妳要打工？」

我笑著回答「嗯」。

「我想要我們兩個一起出錢旅行。我猜那樣會比較開心。」

大多事情都是不要單方面付出比較好。

安達大概是贊同我的說法，眼神雀躍地點點頭。

畢竟考慮到安達的個性，她當然會想要就我們兩個單獨去旅行。

在這座昏暗房間中，好像唯有安達散發著光芒。

就在我們之間的氣氛變得感覺會勾起指頭立約定的時候，我才終於注意到其他三人的視

線放在我們身上。

啊。

我忘記她們也在了。

我剛才講話沒有注意音量，還講得很起勁。應該已經不是只說「抱歉，我們聊太大聲了嗎？」就能解決的問題了。她們的眼神看起來是從我們之間散發出的氣氛之類的東西裡，察覺到了什麼端倪。

桑喬代表她們三個，對我們下評語。

「島村同學妳們……感情真的很好呢。」

保守且不是很樂意的客套笑容，原本伸直著放鬆的左腳也收了起來。

她的評語聽來完全就是很婉轉地在表達感想。

「呃……嗯，算是啦。」

「對。」

當我支吾其詞時，安達牽起了我的手。哎呀呀——在我心裡這麼想時，她用力握緊我的手不放。我們彼此舉起的兩隻手像是在刻意炫耀，讓眼前的三人徹底僵住。

身體開始發燙。

耳鳴變得更加強烈，腦袋裡掀起一陣陣波瀾。

沒辦法找藉口掩飾——的感覺。

「呃～嗯，嗯。」
事情不是這樣的。就是這樣。
我們不是妳們想的那樣。就是那樣。
我跟安達是好朋友。她是個很好的女朋友。
我認為已經瞞不下去了。
考慮自己的立場，並配合周遭人的眼光行動——安達根本不會想要這麼做。
她沒有想要這麼做，而且似乎也自覺自己不適合配合別人。
而我跟這種個性的安達交往，當然會陷入現在這種場面。
人際關係就是如此難以經營與脆弱，卻也熱情無比而強烈。
這次我真心覺得她們好心邀我們同組還這樣很過意不去，然後站起身，跟安達一起離開房間。我沒有想到要去哪裡，只是房間裡待不下去罷了。雖然社妹就這麼被丟在房間裡，但大概不會有事吧。要是真的被發現就順其自然，找個藉口解釋吧。
我人走在旅館走廊上，內心燙得來不及冷卻。
腦袋也整個熟透，無法正常運轉。
一種類似焦躁的東西在眼裡不斷打轉。
「我們感情很好吧？」
安達詢問我這個問題，進行確認。

我們牽得緊到不能再緊的這雙手，看起來哪裡感情差了？

「嗯。」

挫折，或是容易挫折——她只懂得向前衝刺，絲毫不在意這點小事。

她很笨拙，具有攻擊性，以至於只能用這樣的態度生存。

這就是安達的人生態度。

我現在也學學她吧——我如此心想，主動握起她的手。

用手一撈，就能撈起填滿整個掌心的眾多耀眼沙粒。

沙子帶著光芒是好事，也是壞事。

要從這些沙子裡選出最好的那一顆非常困難，使我只能低頭直盯著掌心，思考該如何是好。若把一併化為回憶的所有沙粒隨意——也就是大略統整起來解釋，就是「我很慶幸自己有認識安達」。

大概吧。

「大概吧。」

我跟同組的人坐在一起，在感覺跟其他三人有明確隔閡的狀況下，喝著味噌湯。

在旅館宴會廳吃的晚餐當中，我最先入口的是加了鯉魚丸子的味噌湯。我從來沒有機會吃到鯉魚，所以很好奇是什麼味道，就先試喝看看，但老實說腥味很重。

可能也是因為我吃不習慣，不過味噌湯無法徹底蓋過這股腥臭味。

考慮到他們要煮適合接待團體客的餐點，大概是這種味道比較多人能接受吧。

又或許吃得到當中的精華，就會很美味。

但感覺我永遠不會因為這兩種理由而覺得食物好吃。

我把碗拿在手上遮著嘴邊，觀察了一下宴會廳。接近朱紅色的牆壁在有些過亮的燈光下變得鮮豔起來，看著看著就會覺得有些刺眼。天花板上則有藤蔓的圖案。

我放空心思觀察完宴會廳，把視線移回原處之後，周遭聲響馬上重新傳進耳裡。擠滿一大批來教育旅行的學生的空間已經嘈雜到不能單用熱鬧來形容，而是彷彿坐在大片擁擠人海當中。我感受到聲音像水蒸氣一樣穿過背部跟腋下空隙，往上飄升。

而我現在的心境，就如同被隔離在這陣喧囂之外的宴會廳角落。其實就算我坐在整個宴會廳正中央，心情上也會覺得自己身處邊角。明明是跟同組的人坐在一起，我們卻明顯分割成兩人跟三人的小圈圈。簡直像是在水渠邊動著鉗子的小龍蝦。這樣形容搞不好不太對。

有道隔閡，讓我覺得好像只有我跟安達被放進透明的箱子裡獨自用餐。

這樣的隔閡大多源自自己的內心。

出現在人際關係之中的距離感，經常是自身不經意製造出來的。

我有種今後很難跟同一個小組的成員們和樂相處下去的感覺。即使是這麼微小的世界，

也會跟其他人產生摩擦。這不是值得誇讚的現象。想必也會大大提升我在這個社會生存的難度。我有些擔心這一點。

而安達則是一副完全不在意的模樣，默默用餐。

我覺得她很堅強。

說不定支撐心靈的事物愈少，反倒會因為不怕失去而擁有堅強的心。

還有，我也認為永藤擁有跟安達不同方面上的堅強，她剛才穿著旅館提供的浴衣過來，結果被老師罵了。之後她不斷低頭求饒說著「我會去把衣服換好，還請大人饒命」，若無其事地直接就座。

「……妳真的是喔。」

「因為我天生就是想在遊戲教學關卡做些不在指示範圍內的事情嘛。」

「妳到現在還當自己在教學關裡啊？」

她跟坐在身旁的日野聊天。搞不好永藤比我們還要更像不良少女。

「唔……」

意思意思帶一點附在沙拉上的柳橙薄片回房間是不是比較好？雖然她說不吃飯也沒關係……那她平常吃那麼多是什麼意思？

是吃興趣的嗎？有點難斷定她這樣到底算不算可愛。

我打算用筷子夾起柳橙時，安達的左手肘撞到了我。

「啊，抱歉。」

安達用左手拿筷子，從剛才開始就不時撞上右撇子的我的手。

我平時不會特地注意，但這種時候就會想起安達是左撇子。

「早知道我們坐相反的位子就好了。」

「嗯。」

安達一邊表示同意，一邊默默用筷子劃開烤魚。她看起來真的對吃沒有興趣。安達曾經說過什麼東西好吃嗎？我回想了一下，也想不起來有什麼特別有印象的狀況。

再說，安達有興趣的東西……也只有我吧。有點害臊。

安達應該很純真。她以前從未試圖接觸他人。

感覺連跟父母之間都沒能有過任何深入接觸。

想到只有我能在純真的安達身上留下痕跡，也覺得有些可惜。

既然珍貴到幾乎沒有人能觸碰到，我自己也有點想單純遠觀，不做任何接觸。

「島村？」

不曉得是不是我的視線自然看向安達，她對我感到有些疑惑。

「味道怎麼樣？」

「嗯，很普通。」

安達小口嚼著煮得偏硬的白米飯，給了我預料中的回答。

「安達妳有喜歡吃的食物嗎？啊，我之前搞不好有問過就是了。」
我婉轉表達「我不記得啦！」。
說是這麼說，我的記憶力可是勇奪最不可信的事物之冠。
安達本來想說「沒有」，卻沒說完。接著，她用眼神對我提出疑問。
總覺得她想知道我為什麼要問這個。
「嗯～想說來一步步加深對妳的了解。」
可能就是因為我會在別人面前說這種話，才會與人之間有層很厚的隔閡。
不過，也可以解釋成牆壁夠厚，就不會被人從外面攻破。
安達的表情柔和起來。然後陷入沉思，嘴上小聲唸著「喜歡的食物」。
「水……之類的。」
「妳是植物還是什麼東西嗎？」
我發出「嘿嘿嘿」的笑聲，安達就難為情地撇開視線。隨後又折返回來看著我。
「島村妳喜歡什麼？」
「呃～什錦燒。」
「這個我知道。」
「還有……煎蛋？」
像這種的——我用筷子夾起吃掉一半的煎蛋。我喜歡它偏甜的調味。

安達看了我手上的煎蛋，就輕輕把她沒有動到的煎蛋放來我這裡。

「我不是想叫妳給我啊。」

不過她要給我，我也就收下了。

我們的晚餐時間大致就是這種感覺。

「妳要把那個拿去哪裡？」

安達看到我用兩根手指頭拿走柳橙，提出了必然會抱持的疑惑。

跟中午的時候一樣，我叫安達給我，就給了。連沙拉都一起給。沙拉我不需要。

「嗯，就……要拿去一個地方。」

除了這樣，還有什麼藉口可以講？……當供品？

我們比桑喬她們先回到房間。安達在門口處東張西望，不知道該坐在哪裡才好。我看往放在房間角落的包包，確定它沒有在動。

「這裡有電視，不過開得起來嗎？」

建築物雖然老舊，電視卻是全新的，在有點歷史氣息的背景下顯得很突兀。遙控器則放在電視機旁邊。安達撿起遙控器，連忙拿來給我。

我暗自心想「她是小孩子嗎？」。還滿可愛的就是了。

「打開來看看吧。」

「嗯。」

安達在我的催促下打開電視機的電源。她的視線無力地朝向電視畫面。看起來就不是很有興趣——光是在旁邊看，都能感覺到她對電視興趣缺缺。

過一小段時間後，室內出現一道光芒跟熱鬧聲響。

「開了也不知道有什麼節目跟頻道呢。」

「嗯。」

我趁安達在處理電視的時候，前往房間角落。我把很薄的柳橙薄片拿近包包，轉眼間就被吸進去了。她是怎麼從包包裡看到外面景象的？我無視於她能夠縮在包包裡的神奇現象，想到另一件神奇的事情。

「妳沒有把包包裡面弄髒吧？」

我小聲詢問。

「沒有弄髒喔。」

她沒有多注意什麼就探出頭來。別出來別出來。她這樣很像以前在電視上看到從巢穴探頭出來的六角恐龍……不對，是什麼來著……對，很像土撥鼠。

「我會用身體包著食物吃掉，絕對不會弄髒的。」

「……嗯？是喔。」

感覺仔細去想也沒有用，於是我敷衍地表示有聽懂。既然她自己說不會弄髒，那大概就是不會吧。看著又要馬上把頭縮回去的社妹，我突然想到一件事，說：「啊，對了。」

「妳等一下就裝沒事混進人群裡去洗澡吧。」
社妹應該辦得到。我有這種感覺。
「我不用洗澡也沒關係。」
「呃，可是妳一整天都待在包包裡，身體會髒也會累吧……」
我在說什麼東西啊？
「那個，島村。」
「唔哇！」
突然有人跟我講話，害我嚇得轉過頭。安達的影子落在我身上。
「妳好像很常自言自語耶？」
安達擔心地問「妳還好吧？」。我看見視野邊緣那顆頭迅速縮回包包後，就笑著試圖打圓場。
「沒有，其實我很喜歡自言自語……」
我到底在說什麼鬼話？我最近很常講話不經思考。
不過我本質上就是很怕麻煩，習慣之後大概就沒什麼了吧。
「妳……妳可以跟我……講話啊。」
安達端坐在我身旁。安達的體格整體而言比較高大，待在很近的地方會有些壓迫感。明明很大隻，態度卻戰戰兢兢的，這種反差實在很有趣。

「大概就像『放馬過來！』……的感覺。」

安達紅著臉做出半吊子的搞笑，雖然以前也看過，不過真的很可愛。

「那，我們要來聊什麼？」

我一邊傻笑，一邊沒來由地摸起安達的頭髮。我用手指梳著安達因為身體前傾而快要碰到臉頰的側髮，就讓她嚇了一跳。隨後小心翼翼地把手蓋在我的手上。

她彷彿細膩彈著琴弦的纖細手指，摸著我的手背。

「好癢。」

安達睜大眼睛，只有嘴巴勾起僵硬的笑容，變成很奇怪的表情。

此時，門打開了。桑喬帶頭跟其他小組成員一起回來，在門口停下腳步。不知道她們看到我跟安達的手疊在一起是怎麼想的。太大意了——我這麼想的同時，安達主動把手移開。

或許手這一移開，反而讓她們更加確定事情不單純了。

電視的聲音格外大聲。

是不是被誤會了？雖然也不是誤會。

我們兩個也沒什麼好解釋的，就這麼坐在原地。她們三個沉默得就像是心裡肯定對我們有什麼意見，並不發一語地坐到電視旁邊。畫面上播放的是新聞，正在播明天的天氣預報。

但預報說的話有一半都沒進到眼睛跟耳朵裡。

「…………………………」

房間某處傳來時鐘指針的聲音。聲音聽來就像在敲打著後頸。

距離我們被分配到的洗澡時間還有很久。一般的小組會在這段期間聊天聊得忘我，度過一段歡樂時光，但很可惜，我們這個小組的氣氛沒有那麼愉快。我感覺整個空間宛如出現了龜裂。而讓這些裂痕出現的凶手就是我們。現在也沒有餘裕說什麼「空間出現龜裂聽起來好帥啊」這種傻話。

安達也看了一下房內，不過沒有多說什麼。她的視線大致上都是朝著我。再這樣下去，安達搞不好會很大膽地說些什麼。安達的行動很難預測。

一個團體裡沒有對話，氣氛就會凝結起來。因為沒有思緒上的交流。

現在大概只能由我主動展開行動了吧。

「我們在旅館裡到處逛逛吧。」

安達一定完全不在意這種氣氛，所以我隨便找了個理由把她帶出去。

「是可以……可是有什麼地方好逛嗎？」

我已經徹底習慣了這股硫磺味，剩下老舊的旅館牆壁還沒有習慣。

「別管那麼多嘛。」

走吧走吧——我催促安達離房。順便把包包一起揹來。把她放在有其他人在的地方實在太危險了。畢竟她也可能一個不小心突然探頭出來。

「我們等洗澡時間到了就回來。」

我這樣告訴桑喬她們，離開了房間。

「兩位還請慢走……」

桑喬以這句話目送我們離去。可以聽出她也很煩惱該用什麼態度面對我們。一想像房內只剩她們三個的話，說不定會開始聊我們的八卦，心情就有些憂鬱。我很怕別人聊關於我的一些有的沒有的事情。

不過只聊真正有發生的也會導致我完全沒辦法反駁，一樣不太喜歡。

「該去哪裡才好呢？」

我不知道旅館內有什麼設施，隨便亂走搞不好會迷路。

「包包？」

安達看著我揹來的東西。

「啊，就是，可能也會順便買些東西啊。」

我決定用這個藉口搪塞過去。

我走下樓梯，往大廳方向走。我本來以為有其他同學在閒晃，但其實是穿著其他學校制服的大批人馬剛抵達旅館。教育旅行滿容易跟其他學校撞期的嘛——我看著那群人，跟安達兩個人一起坐上紅豆色的長椅。旁邊不遠的地方就有禮品店。

擺了四張的椅子之間，有個插著黃色大花朵的花瓶。椅子的擺放方式很像醫院的掛號區，原本覺得怪怪的，但反正這裡是大廳，這樣也沒什麼問題吧。

頭上則有表示是逃生出口的白色與綠色。有時燈光會熄滅，然後又亮起。

我仰望上方，鬆了一口氣。

沒有降臨旅館房間的平靜，到現在才終於出現。

像這樣兩個人一起逃離人多的地方休息，就會想起當初在體育館的時光。或許是我們的相遇方式，讓我們到頭來還是這樣獨處比較安心。

「妳不是要到處逛逛嗎？」

乖乖坐在旁邊的安達很不解地問道。

「我本來是想逛逛，但還是算了。」

「還有這樣的……」

安達輕輕笑著善變的我。她似乎沒有不開心。

一定是因為現在是兩人獨處吧。

雖然實際上不是只有我們兩個人——我看了包包一眼。

「安達妳……」

我打算講些什麼。我等了一下，卻想不到該接著說什麼話。

真是不負責任的嘴巴。

「我？」

「我本來想要講什麼？」

安達困擾地說著「妳問我，我也不知道啊」。對吧、對吧。
能跟安達聊的話題，意外沒有很多。
因為我們一起度過了很長一段時間，沒有什麼想特別提出來聊的事情。
「我們就這樣繼續發呆吧。」
我提議打發接下來這一小段時間的方法。
有安達在身邊，身處的空間充滿燈光。
感覺發生什麼事都有辦法順利解決。
安達小聲回應一聲「嗯」，跟我一樣面向正前方。
我們兩個一起望著等待辦理入住的教育旅行團體，彷彿自己置身事外。
跟一個人不說話就會尷尬，表示是一般的聊天對象。
跟一個人不說話也莫名能平靜坐在原位，表示是真的相處起來很舒適的聊天對象。
……我突然想出了這樣的論調。
我是不曉得實際上是不是這樣，但這種說法應該有辦法說服我自己跟別人。
跳脫旅行，只屬於我們的時間就這樣逐漸流逝，進入下一個段落。
我看了看沒有戴在手上，只放在口袋裡的手錶，發現時間正好差不多了。
我說著「走吧」，站了起來。安達卻是態度一變，臉部表情很僵硬，顯得有些緊張。
她怎麼了嗎？我懷著這份疑惑踏出腳步。

我走過本地特產櫃時側眼一看，發現櫃上擺著甜麵包。

而且都是些在我們那裡的超市能看到的東西。

這哪裡是本地特產了？

「我覺得買果醬麵包比較好喔。」

包包裡傳來一個小小的聲音。

我往包包側邊打了一下。

我也很久沒有在公共澡堂洗澡了。畢竟我們家不會全家一起去泡溫泉。

我們學校的人要在替每個班級各自安排好的時段來洗澡。沒有很大的更衣室擠滿了女生。盥洗室前也有還在卸妝的女生在排隊。

入口有負責管理秩序的老師看著，在告誡一些打打鬧鬧的女生。

置物櫃跟牆壁都有種老木頭的沉著香氣，或者該說是老舊使然的味道。

「…………」

此時，我在置物櫃前感覺到一道視線在看我。我馬上就找到了視線源頭。

「安達？」

「沒事。」

一旁把浴巾掛在手上的安達動作僵硬地搖了搖頭。

聲音聽起來就像煮得不夠熟的馬鈴薯，非常堅硬。

從準備來大澡堂的時候開始，她的舉動就有些奇怪。安達十分不擅長集體行動，或許有點排斥跟大家一起在同個地方洗澡。不過這我也是無能為力，只能請她好好加油了。

我記得國中的時候好像有女生不想進澡堂，就假裝自己感冒。

我先脫下上衣。再脫掉下半身的體育長褲。脫完以後，我再次感受到安達的視線。

「我瞄。」

我講出聲音確認視線來源，就看見安達正大光明的看著我。而她本人已經脫光衣服了。

安達的裸體——我差點要忍不住凝視起她的身體跟修長的腳時，安達就趕忙逃走。

她急著講「啊呃」、「沒有」否定有在看我，右手跟右腳同手同腳地走遠。

「唔……」

希望她踩到澡堂的地板不會滑倒。

我脫完剩下的衣服，跟隨安達的腳步。澡堂迎面而來的熱氣沾濕了我的脖子跟眉毛。

凹槽式的大澡堂是長條型的構造。室內似乎有刻意弄得比較昏暗，牆壁跟天花板雖然是木製的，顏色卻有點深。裡頭還有三個小窗戶，毛玻璃的材質讓人看不到外面的景象。若是白天，山脈的翠綠大概會隨著光線灑落進來，現在的窗外則是一片黑暗。

安達混在其他的女生們之中，坐在蓮蓬頭前面。看她的手腳毫髮無傷，沒有跌倒的跡象，我也放心了。不過，她的動作看起來就十分不對勁。關節根本沒有正常彎起來。她轉開蓮蓬頭時會先退開，再把手放上去，轉開，收手的時候身體又再退開，費時又費力。跟落枕的時候動作很拘束的模樣很像。

雖然本來就很常看到她這樣。

「請問方便在妳旁邊嗎？」

我用玩笑語氣詢問，走到她旁邊，安達的肩膀就大大震了一下。「沒關係。」她微微伸出手，表達「妳請便」。之後她張開眼，驚覺是我以後，就像是被人打到臉頰一樣迅速轉頭面向前方。

「嗯？」

我對用蓮蓬頭沖著臉的安達表示困惑。算了，無所謂——我也開始調整蓮蓬頭出水的水溫。接著我也學安達用臉接下水流。

水順著流動的力道漸漸沾濕我的頭。

溫度適中的熱水一擴散到整片頭皮，我忍不住大嘆一口氣。

我感受到累積在身上的東西溶進水中流走，身體放鬆了下來。

我喜歡這種彷彿告訴我一天要結束了的感覺。

我撥起濕掉的頭髮，假裝不經意地張望澡堂內部……找到了找到了。趁隙離開包包的社妹，正待在角落洗頭。不曉得她到底弄了多少泡泡出來，弄成了乳白色的爆炸頭。在她旁邊

沖洗身體的女生看起來疑惑萬分，皺著眉頭盯著社妹看，但好像不敢跟她搭話。反正跟社妹搭話，也只會換來她的一臉笑容，不知道接下來該說什麼。當我這麼想的時候，社妹好像發現了那道視線，對身旁的女生說「晚安啊」。那個女生雖然很困惑，依然點點頭致意。看來應該是不會有問題。

「……嗯？」

我拿起洗髮精，就感覺有道視線刺著我的皮膚。轉頭一看，就看見安達整個人僵住不動。

「怎麼了嗎？」

我刻意用溫柔的語調說話。而我極力強調出這種柔軟、溫和，而且感覺就很虛偽的包容力，還是被一句「沒事」打發掉了。她迅速撇開視線，不斷大力拍打自己的臉頰。她在警惕自己什麼？

「嗯～」

我清洗頭跟身體，同時觀察她的狀況好幾次。

每次我跟安達搭話，她就會產生故障，語氣呆板地重覆「沒事」這句話。

我洗好以後往浴池走去，安達也跟在我後面一起走。

「妳特地等我洗好嗎？妳先進去也沒關係啊。」

「沒……沒事。」

對話根本不成立。她大概只知道我有講話，但沒有聽進我到底說了什麼。心不在焉的。

那，她的心會是在哪裡？

我們鑽過其他女生之間的空隙進入浴池，再移動到牆邊。我們兩個一起靠著浴池的邊緣泡澡。之後觀察起澡堂，發現室內的圖案跟色調讓人很像待在洞窟裡面。

這樣也是挺有趣的。我仔細享受箇中風情。

「浴池這麼大，真不錯呢。」

泡澡能把手腳伸直太棒了。以前我也能在家裡的浴缸伸直手腳，但現在沒辦法了。長大也不全然只有好事。

我順著飄起的水蒸氣仰望塗上黑漆的木製天花板。

我把許多事情拋在腦後，讓身體休息了一陣子。

「……好了。」

我只轉動眼睛，偷偷瞄向旁邊。

然後跟感覺連瞳孔裡都充滿血絲的安達對上眼。

「沒事。」

化身沒事星人的安達左右甩著濕掉的頭髮。

「我什麼問題都還沒問耶。」

安達手指併攏，用力壓著眼球。我不懂她這樣是什麼意思。

「我說安達啊。」

「噗嚕嚕嚕嚕。」

變成螃蟹了。我衷心希望她不要隨便吹起泡泡。

「……唔～」

這個狀況是——我覺得隱約感覺到的某種東西在流竄。

總之，我看向了前方。雖然看著，卻也根本看不進什麼。

我全身上下的神經都在關注位於視野外的安達。

……來了來了。

不久後，我感覺到旁邊有股混在水蒸氣裡的熱氣。她的視線非常熱情。

就算視線忽然中斷，也會像在發送訊號一樣馬上恢復。

「嗯。」

差不多沒辦法繼續假裝不看她了。

我似乎終於能確定一件事。

她一直在盯著我看。安達正拚命盯著我看。

也用不著想為什麼她要這麼做。會這樣是因為我現在全裸……大概吧。

畢竟我是她的女朋友。而且也喜歡我。當然會在意吧？想到這裡，連我都快要變成螃蟹了。虧螃蟹隨時隨地都是全裸，還有辦法若無其事地過活啊——心裡冒出有點蠢的玩笑話。

現在螃蟹怎麼生活根本無關緊要。重點在於我跟安達全裸而衍生的狀況。

「嗯，嗯，嗯……嗯～嗯……唔唔唔唔唔唔唔……」

我非常猶豫該不該問這個問題，但還是敗給了好奇心。

「妳想看嗎？」

看我全裸的樣子。

問是這麼問，要是她說想看，該怎麼辦？

泡在熱水裡本來就已經會全身紅通通的了，安達似乎因為某些很那個的情感在心裡翻騰，而變得更紅。我搞不好是第一次看她不只耳朵，連額頭都紅透了的模樣。

她的身體像是流血了一般，染紅的部分逐漸擴大。

看起來肯定對身體有害。

「尤沒事。」

她緊張過頭，講出來的話聽起來像人名。

她嘴裡不斷碎唸著「沒事沒事」，低下頭來。而一低頭，嘴巴當然就會浸在水裡。

啊，她終於像真正的螃蟹一樣狂吹泡泡了。熱水的水面因而擺盪，拍打著安達的臉。安達如果繼續當螃蟹，會弄得自己缺氧。

我要把安達變回人類才行。心裡湧上一股使命感。

我一定是瘋了。

「我啊，想跟安達聊聊天……妳會陪我聊天不是嗎？」

我基於安達不久之前的提議，對她這麼說。接著螃蟹安達就稍微挺直身子，恢復成正常的紅臉安達。看來是在當螃蟹的時候被煮熟了。

安達看著我，視線差點往下跑時，又壓起眼睛克制自己。她還真忙耶。

「我不會生氣，也不會被嚇跑，所以我再問妳一次……妳想看嗎？」

……我好像也熱昏頭了。

明明這裡也不是只有我們兩個，到底在聊什麼東西啊？

安達閉上眼睛。不知道是不是內心陷入糾結，沒有講「沒事」。她全身毫無防備，也看得見晃盪熱水中的安達裸體……嗯。

長大也不全然只有好事，嗯。

我稍微加強告誡自己的力道時，安達彷彿剛睡醒般緩緩睜開眼皮。

她眼中的瞳孔，以及嘴唇，都顫抖到快要掉下來了。

隨後她以哭訴的語氣，朝著我說：

「…………………………想看。」

不當沒事星人的安達，以小到快要聽不見的聲音表露心聲。

「原來妳想看啊。」

怎麼辦呢，哈哈哈——我的視線也開始失焦。

安達的心確定就是在我的裸體上。

「我說想看也不是妳想的那個意思，呃，是因為島村很漂亮……不對，是自然而然就會這樣……不是那樣！」

「啊～嗯，好。妳先冷靜一下。」

如果安達把她的內心話毫不保留地發洩出來，大概會引起周遭的人側目。

「就先不談實際上是怎麼一回事吧。嗯。」

我不想因為提及為什麼想看，而在澡堂裡把腦袋弄得更燙。我可能會暈過去。光現在就燙得感覺耳朵會冒出水蒸氣了。安達帶著依舊淚眼汪汪的眼神，陷入不知所措當中。感覺放著她不管，又會馬上變回螃蟹。

……我拒絕安達「想看」的要求的話，會讓她很受傷嗎？我也不知道她會是怎麼樣的受傷法。如果開玩笑說「呀～櫻同學好色喔～」，會比較好嗎？好什麼？我已經連「好」的方向性都搞不懂了。我曾在漫畫裡看過跟有好感的女生一起入浴的情境，但我不記得當事人怎麼應對。

我幾乎要直接豁出去，正大光明地給她看了。

被看光光又不會少塊肉……會覺得難為情是一定的。

其他會因為看裸體而有損害的，頂多就是安達的心靈防壁吧。

那就沒問題了。

沒有嗎？

把所有的問題視而不見，就不會有問題了。

「呃，安達同學。」

我差點就要在浴池裡端坐起來。剛才還在開心能把腳伸直的我去哪裡了？

安達也像貝殼要把自己合起來一樣，縮起脖子。

「呀！」

本來打算說些什麼的安達聲音飆高了八度。這種狀況下嘗試跟她對話會出事。

所以，我只把我的要求告訴她。

「妳要看的話就……呃，偷偷看，不要讓我注意到……好嗎？」

聽完安達的要求，我只能讓步到這個程度。

「咦。」

我在安達愣住的時候轉頭面向前方，宛如表達這件事就聊到這裡。我故意放下下意識想交叉在胸前的手臂，手掌心摸著浴池池底。我假裝這不算什麼，刻意虛張聲勢。

重新看向正前方後，視野裡只見同學們的裸體。這是當然的。雖然也有看到格外嬌小的背影。不知道她那邊是發生了什麼事，旁邊的女生正在幫她沖洗頭髮。就她不管在哪裡都會莫名有人照顧這一點來看，她或許真的擁有這方面的吸引力。

不提這個。

簡單來說，我想表達的就是這裡有很多裸體。而且還有我自己的。所以應該已經看慣裸

體了，安達卻還是想看我的裸體。

雖然我沒有深究，但仔細探討這件事，或許能更了解安達這個人。感覺好像錯過了可以讓我跟安達之間的關係更加明瞭的大好機會。

可是在這種狀況下做心靈探討，又很不合時宜。

這種事情應該要在更……她在看。

她在看她在看。她的視線明顯到我就算看著反方向，也無法裝作沒感覺。

連她主要是看著哪裡，都像是被直接用手摸一樣清楚。

我明明要安達偷偷看，這也看得太光明正大了吧。

我本來選擇忍耐，最後還是忍不住轉頭看她。於是就這麼跟安達四目相交，該怎麼辦呢？

「妳……妳感覺得到……？」

安達睜大雙眼，臉上浮現表達不可置信的驚訝表情。

不不不。

「我……我完全沒感覺。」

這種爛謊哪騙得了人啊──背脊竄過一陣涼意。不過安達卻說著「這……這樣啊」，似乎鬆了口氣。

看來她目前腦袋不太靈光。安達現在很認真在看。大概吧。

對，很認真地在盯著我的……跟……在看。

為什麼要看？

大概是因為她除了看以外，沒有其他選擇。

既然同意她可以看，那我只需要抬頭挺胸地泡澡就好。

我確實感受到身上不是沾到水滴，而是在冒汗，並繼續一味泡在浴池裡。

同性的情人就在旁邊看著自己的裸體。

而我也讓她看。

還跟很多同學一起在澡堂裡洗澡。

「……好像滿糟糕的。」

把現況一一條列出來，盡是些沒辦法找藉口糊弄過去的情境。

弄得我也想放棄繼續思考。

現在的心境正如在跟教育兩字完全背道而馳的獸徑上一股腦地衝刺。

結果我原本打算馬上離開，卻泡到入浴時間快要結束的時候才走。

安達的眼睛在離開浴池之後依然不斷打轉，是因為太熱，還是別的因素使然呢？

感覺要是不裝作這件事情沒有答案，後續會衍生數也數不清的問題。

我擦著頭髮走回房間，感受到水滴的冰涼刺激著腳底。我看向地板，就發現水滴像導火

線一樣延續到我的包包。我很想訓她一頓，要她把身體擦乾再進去包包裡。

我的換穿衣物跟導覽手冊不知道有沒有弄濕。可是現在叫她，讓她跑出來也很傷腦筋。我一邊煩惱，一邊拖著腳步前進，下意識擦掉水滴。

我把換穿衣物拿到包包旁邊，就被迅速吸了進去。

「…………………………」

不要把衣服吃掉喔。

之後桑喬三人組也回到房間，坐在跟我們保持一段微妙距離的地方，分成三人跟兩人的小圈圈。她們有在聊天，偶爾也會傳出笑聲，但不會來跟我們對話。安達則是把毛巾蓋在頭上，一直紅著臉抱腿蹲坐在地，實在很難跟她搭話。

而且也很難熱烈討論她長時間盯著我的裸體看的話題。

哪聊得起來啊。

不過，我們在未來的某一天會變成能夠談論這種話題的關係嗎？

……我無法想像那樣的光景，不禁愣住。

所以，我也只能懷著有些難為情的心情，等待發燙的肌膚冷卻下來。

等頭髮乾了以後，大家一起鋪開床鋪。

「……唔……」

感覺我們的床鋪跟其他三個人的有點距離。是我想太多了嗎？

「感覺有點累了，直接睡覺吧。」

另一邊有人這樣說。也是，現在的氣氛的確讓人沒心情打打鬧鬧。

其他房間的狀況不知道怎麼樣，有玩得很開心嗎？

如果是日野跟永藤，搞不好跟其他人也相處得很好。

「就像是『今天就先給他睡下去吧』的感覺對吧？」

德洛斯這麼說，但我不太懂她的「的感覺」是什麼意思。

「不過，也的確是想睡了。」

我也覺得身體很沉。洗澡占了很大部分的原因。

安達依舊滿臉通紅在發呆。總覺得好像很想問她在想什麼，又好像想裝作沒看見。看著看著，我們對上了眼，安達的下唇跟著不斷顫動。

她頻頻搖頭，但我不知道妳在否定什麼呢安達小妹妹。

我緩緩鑽進床鋪裡。這裡的床鋪跟家裡的觸感不一樣，枕頭的硬度也有差，讓我的身體確實感受到這裡不是自己家。床鋪邊緣有點潮濕，還有霉味。

但把腳尖沒入名為濕氣的溫差當中，會讓心情稍微平靜一點。

明明跟外公外婆家的床鋪也不一樣，卻有種類似鄉愁的東西湧上心頭。

「我關燈嘍。」

不知道是桑喬還是潘喬這麼說完，燈光就如拉下布幕般消失。

不管閉上眼，還是睜開眼，眼前都是一樣的夜晚。我將感官沉浸在不清楚自己究竟有沒有睜開眼的這段時間內一陣子。有些習慣黑暗後，我開始能看見安達的眼睛在黑暗中轉動。

她在看著我。大概是剛才的害臊也消散了，安達的眼神恢復成一如往常的模樣。

是在拜託我跟她說點話的稚氣眼神。

我豎起食指抵在嘴唇上，表示現在有其他人在，又很晚了。安達稍微加快眨眼的速度，然後把左手伸出床鋪。而她的手當然是來找我。

安達伸出手，放在彼此的床鋪之間。

我慢了幾拍才了解到其中代表的意思，伸出自己的右手。

我在寂靜無聲的房間裡，跟安達牽著彼此的手。安達的手感覺還殘留著些許泡澡時增加的體溫，很溫暖。不曉得安達是不是也有類似的感受，表情變得柔和了一點。

但不把床鋪拉進一點，會被其他人看見。

聽起來還沒有人睡著。直接這樣睡著的話，可能會被發現我們牽著手。

「…………」

人的體溫會引來睡意。

就算只是碰觸彼此的掌心，睡意也會深深滲透進胸懷。

要想點辦法才行——這樣的想法彷彿被海浪捲走一般淡去。

算了，無所謂。

反正也已經沒辦法跟其他三個人和樂相處了，乾脆就只跟安達來往好像也不錯。這樣做好不好，不是現在的我該思考的事情。

什麼事情是正確的，交給以後的我決定就好。

不然以後的我會閒著沒事做。

教育旅行期間的一天即將告終。

以這樣的方式作結沒問題嗎？內心浮現模糊的疑問。

但我也不會知道具體而言要怎麼樣才是最好的。

所以，這大概就是我心目中的教育旅行了吧。

「日野與永藤」

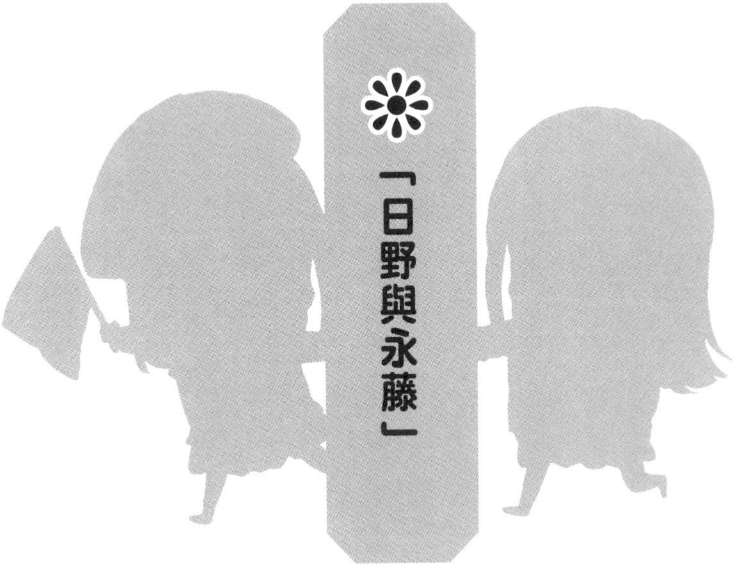

「日野妳不會覺得無聊嗎？」

背後除了淋浴的聲音以外，還有液體彈開的聲音。

我一邊洗頭，一邊轉過頭去。

家裡的浴缸是貼著牆壁的長方形構造。永藤說，光是我家的浴缸就比她家的整間浴室還要大。是用日本金松做的。而永藤把雙手擺在浴缸邊緣，浮在水上。她的腳不斷打水，有時屁股會浮上水面。

「什麼事情無聊？」

「就是每天，嗯……」

永藤沒有把話講清楚，張望著天花板跟牆壁。可能是因為她泡澡很久了，連耳朵都變得非常紅。明明洗頭跟身體沒有花多少時間，卻花了很長的時間泡澡。

被泡得熱呼呼的永藤講起話來，更不明不白了。

我是有稍微推敲一下，但完全不懂她要講什麼。

「我說妳啊，不要事情在腦袋裡才想到一半，就直接講起結論了好不好。」

我用浴盆裡的熱水澆完頭後，出言告誡她。

「可是要聽妳全部講完也很麻煩，給我長話短說。」

「日野妳真任性耶。」
我有點猶豫要不要把手上的浴盆丟過去。
「該從哪裡開始講才好呢？」
永藤發出「唔唔唔唔」的聲音，臉頰斜靠著壓在浴缸邊緣上。她看起來有在思考，但我認為大概不是什麼長篇大論。畢竟她是永藤。我放下浴盆，從手臂開始清洗。
忽然注意到才發覺，洗身體各個部位的順序也會很固定。永藤是從哪裡開始洗的？我試圖回想起剛才見到的景象。
「我在想，一個人在這麼大的浴室裡洗澡會不會很無聊。」
永藤看來費了很大一番工夫，才終於整理成簡單明瞭的一句話。
果然很短。
「就這樣？」
「嗯。」
這有什麼好煩惱的？不過她說……無聊是嗎？
沾濕的頭髮順著我的動作，貼到臉頰跟脖子上。
「我洗澡的時候從來沒想過會無聊這件事。」
「那妳都在想什麼？」
「沒想什麼。就單純放空，或是思考看的漫畫劇情可能會怎麼發展。」

「腦袋要多用一點才健康喔～」

「我看到妳也會這麼想。」

她這樣學業成績還算好的，真是不可思議。

難道比我還頻繁在用腦嗎？

「那現在在想什麼？」

「想妳一直在打水，吵死了。」

永藤的雙腳拍打著水面。她好像也是被我這麼一說，才發現自己習慣性不停打水的動作，說著「喔，這個喔」，看著自己的腳尖。永藤的指甲跟她的皮膚一樣泛紅。

「這可是拯救日野脫離無聊的好腳呢。」

「再跟妳講下去也很麻煩，隨妳說了啦。」

我連腳底也清洗乾淨，在淋浴過後走往浴缸。

這個浴缸很大。就算永藤長得比我大隻，也占不滿浴缸。我要從哪裡進去，要待在哪裡都可以。可是，我卻直直來到她旁邊。

我在肩膀以下都泡在水裡之後，朝著牆壁輕輕笑出聲。

「……的確是沒有在用腦。」

稍微拉開距離，就會看見永藤身邊有空間。

而我就會理所當然似的過去填補起來。

我腦袋一放空，馬上就會這樣。

「我喜歡日野家的浴室。」

「是喔。」

「啊，還有我也喜歡日野。」

「我居然是順便的喔？」

我收到了很隨便的愛的告白。永藤的腳跟屁股一下浮起，一下沉下去。

「話說回來，日野。」

「幹麼啦。」

永藤依然面向正前方，沉默不語。雙腳不斷打水。

等了一下之後，我再問她一次。

「幹麼啦。」

「我忘記本來要說什麼了。」

「……我就知道。」

我就這樣陪永藤一起泡熱水澡，泡了一陣子。

泡到快受不了以後，我站起身。

「我要出去了。」

「妳有乖乖數到一萬嗎？」

「有啦有啦。」

我隨便應付一下，就離開了浴室。永藤也跟在我後面出來。

今天是教育旅行前一天的夜晚，而永藤待在我家。

好像是因為明天就要去教育旅行，所以特地來我家住。搞不懂在想什麼。

「是剛上岸的日野呢。」

她說著莫名其妙的話，捏起別人的上臂。

「別捏了，把頭擦一擦啦。」

順著頭髮流下來的水珠不斷往我這裡滴。「唔喔。」永藤把頭髮往後甩，甩出來的水滴大力打在我身上，感覺像鼻子跟額頭被砍了。

這傢伙真的是喔——我傻眼地站在她旁邊擦拭身體。更衣室裡擠了兩個人難免變得很窄。

「說到底，為什麼妳要跟我一起洗澡啊？」

這傢伙在別人要洗澡的時候，用一副很理所當然的樣子跟了過來。

「咦？因為很好玩啊。」

「……妳真的跟小時候一樣一點都沒變耶。」

除了胸部的大小。

「一個人在這麼大的浴室裡，感覺會有點可惜耶。」

「妳居然不是覺得奢侈喔……」

她的負面想法出現在很奇怪的方面上。

換好睡衣後，永藤說：

「味道很淡呢。」

「啊？」

「喔，我說妳家煮的飯。」

不曉得是不是想起剛才被我點出的問題，她簡短補充說明了一句。

「是啊。我們家那些人好像喜歡那種淡口味。」

連煮的菜都一律是清淡類的。我家對於家族尊嚴跟傳統都很嚴格。父母跟老哥他們也都很努力避免違背家族的規範。

跟外界隔絕的老舊體制，其實意外隨處可見。

先不論這樣是好是壞，總之我家也是其中之一。

「那是日野媽媽煮的飯嗎？」

「是傭人煮的飯。」

母親只會在泡茶的時候出現在廚房。也很常不在家。

永藤光是自然地擦拭頭髮，就會讓上衣跟胸部一起晃動。人類到底是什麼奇怪的構造啊。

我喊著「可惡，跩什麼跩啊」從下面抬起她的胸部，結果被她毫不客氣地往頭上搥了一拳。

「味道一淡，就沒什麼真的有吃到東西的感覺呢。」

「是啊。」

就算打鬧起來，我們的對話還是能像什麼事都沒發生一樣繼續下去。

「所以，我要求來一些點心。」

「妳臉皮有夠厚耶。」

我嘴上雖然這麼說，離開更衣室以後還是去了廚房一趟。至少會有些茶點吧。

廚房傳來白蘿蔔的味道，不知道是不是在煮明天要用的食材。

站在那個鍋子前面的傭人發現我來了。

「請問怎麼了嗎？」

「嗯～來看看。」

我隨便應付傭人，看了看櫃子跟流理台。我找出還不錯的茶點，拿完之後馬上離開廚房。茶喝房間裡剩下的就好了。

我把戰利品拿給在走廊等的永藤看。

「我找到金平糖。」

「好像很好吃。」

這是我之前到附近茶館領貨的時候找到的。

雖然跟這個話題無關，不過茶館老闆的女兒胸部也很大。人類到底是什麼奇怪的構造啊。

我們兩個一起回到我的房間。永藤的床鋪也不是鋪在客房，而是這個房間。我對永藤沒有尊敬到把她當客人看，所以覺得不給她睡客房也沒關係。我不知道是不是還沒從泡昏頭的狀態恢復過來，冒出了像是順著永藤話題走的感想。

「妳覺得什麼味道好吃？」

「紅色。」

「我就說是味道喔。」

我捏起永藤的臉頰。剛上岸的永藤因為經過長時間泡澡，皮膚變得很有光澤。

「金平糖不是全部都是砂糖的味道嗎？」

「這跟妳說的那種金平糖不一樣。」

我把四個罐子放下來，給永藤看。永藤看著罐子，露出疑惑的模樣。

大概是因為這跟她想像中的金平糖差很多吧。

「紅茶跟咖啡，抹茶跟這個是……焙茶嗎？」

每種口味的顏色都很沉，很難區別。

「都是茶類的口味嘛。」

「我們家就是這樣啊。」

永藤盯著各個罐子的蓋子，最後選了抹茶口味。她打開蓋子，發出「啵」的聲音，陶醉地說「這聲音真棒」。然後蓋上蓋子。「幹麼又蓋起來啊？」她不斷把蓋子又開又蓋，享受著蓋子發出的啵啵聲。「快點吃啦。」「唔。」她心不甘情不願地把蓋子放下來。這傢伙真的做什麼事之前，都喜歡多做些無謂的事情。

永藤只先拿起一顆綠色的金平糖放進嘴裡試吃。

我腦袋放空，在罐子另一頭看著被通紅指尖夾起的那顆深綠。

永藤用臼齒咬起金平糖，睜大了眼睛。

「嗯～？」

她再拿起第二顆、第三顆，繼續吃起發出清脆聲響的金平糖。把金平糖吞下肚後，她似乎深受感動，連講話的音調都變得尖銳起來。

「這個好好吃喔～」

「畢竟它很貴啊。」

「這樣啊、這樣啊。」

她不斷拿出金平糖來吃。她的感動還真廉價。

我喝起寶特瓶裡剩下的茶，由於從冰箱裡拿出來很長一段時間了，喝起來有些溫溫的。

「要喝嗎？」

「嗯。」

我把茶遞給永藤。她喝了一點茶，情緒平靜下來以後，說著「咦？」看向我。

「日野妳不吃嗎？」

「我就不用了。還要再刷牙好麻煩。」

「要我幫妳刷嗎？」

「……………………………」

我想像那樣的情景。

「妳白痴喔。」

「哎呀～這樣就只有我一個人吃，有些過意不去。」

她絲毫沒有過意不去的樣子，很開心地拿出金平糖。

要是連其他幾罐都被她拿去吃，就有點傷腦筋了——我偷偷把其他罐拿去避難。

「妳期待教育旅行嗎？」

「普通吧。」

「妳有去過九州嗎？」

「沒。我很少在國內旅行。說只是到處走路也不好玩。」

「是喔～」

她反應這麼平淡是怎樣？

明明是她自己提出話題來聊，似乎還是以品嚐金平糖為優先。

「最近有去哪裡？」

「威夷夏。我不是有帶伴手禮給妳嗎？」

「在那之前呢？」

「義大利。關於伴手禮以下省略。」

「之前的之前呢？」

「我說妳啊。」

我制止想習慣性繼續問下去的永藤。手指間夾著金平糖的永藤看向我。

我開口訓了她一頓。

「我做過什麼事情妳幾乎都知道，認真回想一下好不好。」

說要多用腦的不是妳嗎？

永藤驚訝地愣在原地。明明只是聽我說了再理所當然不過的一句話，卻好像察覺了什麼驚為天人的大事一樣，不久——

「說的也是。」

永藤露出開心的傻笑。

「我就說吧。」

「嗯、嗯。」

永藤是看起來真的很開心地在附和我。

會感覺自己贏過了高級金平糖，大概不是我的錯覺。

仍留在手指之間的金平糖，隨著永藤的手指在空中飛舞。

「日野妳真可愛。」

「不要突然說這種話啦。」

「我偶爾也摸摸妳的胸部吧。」

「妳的腦袋是V字形的嗎？」

一起吃晚餐，一起洗澡，在睡前閒聊。

我們在啟程之前，就已經先沉浸在旅行的氛圍當中了。

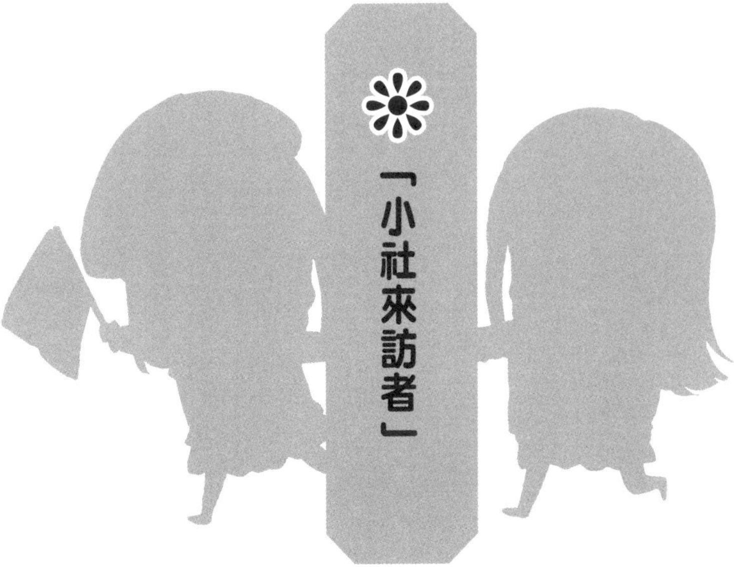

「小社來訪者」

放學回家，就看到小社縮成一團的背影。她不知道為什麼坐在走廊上。我脫下鞋子後往她身邊走去，偷看她在做什麼。
就算我的影子都落在她身上了，她還是完全不在意，沒有抬起頭。
我輕輕拉了幾下那彷彿停在她頭上的蝴蝶結。
「唔唔？」
小社抬起頭，連帶著讓我能看見她在看什麼。
「這不是小同學嗎？」
「圖鑑？」
五彩繽紛的鳥布滿整面書頁。裡面也有我看過的鸚鵡。
「這是島村小姐拿給我的。」
「啊，真的耶。這是放在房間裡的圖鑑。」
原本是爸爸買回來的。小社現在看的是鳥的圖鑑，其他還有魚跟爬蟲類的圖鑑。雖然也有蟲的圖鑑，但姊姊很不想看，從來沒打開來看過。
「畢竟我必須熟悉地球的環境嘛。」
哼哼哼——她發出炫耀的時候一定要來一下的自豪笑聲。我認為她還有其他更需要加強

的地方。像是頭髮。

「為什麼要坐在這裡看？」

「因為在哪裡看都一樣。」

小社若無其事地回答。的確，不管在哪裡把圖鑑翻開來看，圖鑑都還是圖鑑。

不過先不論她的說法正不正確，我每次都覺得她的看法很與眾不同。

小社就這樣專心看著圖鑑。以小社平時的作風來說，現在的她特別安靜。就算在旁邊看她，也只看到她頭上的蝴蝶在拍打翅膀。我沒有多想什麼，把手指戳進她蝴蝶結的洞裡。

「好看嗎？」

沒有回答。

「妳喜歡鳥嗎？」

「我在用功讀書。」

回應好冷淡。我覺得。

「唔～」

不好玩。我一邊東張西望，一邊揹著書包往廚房走過去。

媽媽在廚房裡。可能是才剛買完東西回來，超市的袋子就直接放在旁邊。現在正在把胡椒拿出來。

「我回來了。」

「嗯，妳回來啦。」

「我要吃甜的東西。」

我沒有清楚講明要吃什麼，接著媽媽轉頭看向我。

「甜的東西？啊～妳手伸出來。」

媽媽稍微看了一下櫃子裡有什麼之後，便叫我伸手。我伸出手，很好奇她會給我什麼，結果她又補了一句「兩隻手」。她要給我很多嗎？於是再伸出另一隻手。

「給妳。」

我的手掌心靜靜染白。

「……這不是砂糖嗎？」

「甜的。」

媽媽舔著沾到手指上的砂糖，看起來很高興。

我還以為會給我點心，居然來這招——我仔細看著掌心上的砂糖。

「這連小社都不會吃吧～她會吃嗎？」

我覺得不太樂觀，並回過頭。然後呼喚坐在走廊上的小社。

「小社，有砂糖喔～」

……會來嗎？

「哇～」

她衝過來了。還真的可以喔？我忍不住驚訝。

小社直接把臉埋在我的手上。她上上下下地舔著我整個手心。小社冰冰涼涼的舌頭搔過我的手指之間，癢癢的。小社像是要把砂糖吸光一樣，把我手上的砂糖舔得一乾二淨。

舔完以後的小社抬起頭，嘴巴旁邊沾滿砂糖。

「真是的，真拿妳沒辦法。」

我放下書包，拿出紙巾。我在擦小社的嘴巴時，姊姊從房間裡走出來了。她拿著兩個後背包，放在玄關附近。

「啊，妳回來啦。」

她發現我回來了，跟我打招呼。之後馬上碎碎唸「還有那個跟這個……」，回去房間裡面。

看起來很忙。

「姊姊說她明天要去旅行。」

「喔喔～」

舔完砂糖看向圖鑑又要回應我，小社真忙。感覺她的眼睛、嘴巴跟耳朵是分開在用的。呃，雖然這些器官本來就是分開在用。

可是小社就很像那些器官之間真的完全沒有任何連結。

「小社有旅行過嗎？」

問完我才想到，她待在這裡或許就跟在旅行差不多。

「現在其實就跟旅行差不多喔。」

「說的也是……」

「我是從西邊一個很遠的地方過來的。」

小社指著左邊牆壁的方向。那邊是西邊嗎？我有點疑惑。

「妳說很遠是多遠？」

「用走的要花七百萬年那麼遠。」

「……是……是喔。」

她說的距離跟形容超出我能想像的範圍。

「要是去到那麼遠的地方，也會有像小社這樣的人嗎？」

「就算不用去到那麼遠，也有很多喔。」

「怎麼可能怎麼可能。」

「小同學也要陪我一起念書嗎？」

要嗎？——她走回還放在走廊上的圖鑑，問我要不要一起看。

「唔～那我就陪妳一起念書吧。」

既然是一起念書，那就無所謂了。

「雖然我喜歡魚多過鳥就是了。」

小社做出「喔喔～」的回應。

「那請等我一下。」

小社拿著圖鑑，快步跑走。她是往我跟姊姊的房間跑過去。過一陣子之後，小社回來了。她拿在手上的圖鑑，封面顏色變得比剛才藍一點。

「我去麻煩島村小姐換一本圖鑑了。」

「勞煩妳費心了。」

我不小心就用很像小社的客氣語調講話。最近只要一不注意，就會變得很像小社。這樣不行這樣不行。

小社在跟剛才一樣的地方打開圖鑑，坐在走廊正中央專心看書。

我坐在小社背後，但只看得到她的背跟肩膀。

「這樣我看不到啊，小社。」

「哎呀。」

我正打算到小社旁邊時，她突然站起來。

「那，小同學來坐這邊吧。」

小社推著我的肩膀，要我坐她原本坐的位置。我們繞圈交換位子，才在想這樣不是沒有差嗎？她就靠到我的背上。我的兩側滿滿都是順著她動作飄出來的光粒。

每次碰到小社，都覺得涼涼的。

「好了，我們一起念書吧。」

「小社，這樣妳看得到嗎？」

「我這樣也可以看。因為我不是用眼睛感應物體的形體。」

「咦，什麼意思？」

我轉過頭，貼得很近的小社就指著自己的眼睛，若無其事地對我說明。

「因為這雙眼睛只是配合地球人做出來的。既沒有特殊功能，動作也只是在模仿地球人。」

哈哈哈哈哈——她開朗地大笑，但我聽不懂她在說什麼。

在這麼近的距離下看著我的這雙眼，只是裝飾用的眼睛。

不只會眨，瞳孔正中央映照出我身影的眼球也含著水分……我不太懂。

「那，妳都用哪裡看東西？」

用哪裡看圖鑑，看砂糖，還有我。

小社微笑著說：

「這裡。」

她用手指輕輕敲了敲頭，指著腦袋裡面。

「……妳是用那裡看的啊。」

「沒錯。」

她好像解釋完了。

根本就沒有解釋到什麼。

「……………………………………」

我連圖鑑的內容也看不進腦海裡。

她不只是外表，全身上下都很奇妙。

仔細去思考這一點，就會深深陷入恐怖的一片漆黑當中。

不過，感覺看到她的笑容，就會把那些恐懼全拋在腦後。

我想——

沒有記錄在世界上任何一本圖鑑裡的可愛生物，現在就待在我的身後。

「第一次旅行的一角②」

我很難得可以清醒得這麼乾脆。

明明平時會擺脫不了纏人的睡魔，現在卻覺得意識很順暢地浮現出來。

我看著天花板一段時間後，轉而看向伸出床鋪外的右手。

原本跟安達牽在一起的手，在不知不覺間放開了。

畢竟我睡相不太好。聽說是啦。

放開的那隻手的溫度，讓我感覺彷彿還牽著安達。

我掀開棉被，坐起身。我看了看房間角落的包包，跟掛在昏暗牆上的時鐘。再看看安達。

安達整個身體都朝向我，靜靜沉睡著。我看往其他床鋪，她們也睡得很安穩。我有點想乾脆再躺回棉被裡。

啊，可是也有些事情要趁現在處理一下比較好。我忍住這股誘惑。

我離開床鋪，拿起包包，一邊注意不發出聲音，一邊走出房間。

踩上走廊毛毯產生的腳步聲，深深陷入地板當中。

我沒有感受到其他生物活動的氣息，走下樓梯，前往大廳。即使才一大早，禮品店依然在營業。我對看起來很閒的收銀台人員打聲招呼，買了果醬麵包。來旅行第一個買的居然是這個啊——我忍不住笑起自己。

我看到擺設在走廊上的自動販賣機，走到機器後面蹲下來。我把包包擺到旁邊，遞出果醬麵包。

「妳醒著嗎？」

「早安～」

社妹探出頭，高興得發出「哇！」的感嘆，眼神雪亮。

「這是早餐。」

「喔喔～」

她接過麵包，開開心心地拆起袋子。而人還在包包裡。

社妹很厚臉皮地像齧齒類一樣啃著麵包，發出清脆的聲音。

「有『好吃～』嗎？」

「很『好吃～』。」

那真是太好了。如果她可以在被人發現之前吃完，就更好了。

不過，我沒想到她會真的出現在這裡。她做出這種本來不可能發生的事情，讓我忍不住笑了出來。

現在我跟社妹都不在家，我有點擔心我妹。

「希望她沒有覺得很寂寞。」

「如果小同學也一起進來就好了。」

「不好。」

請不要把我妹當作不知名生物看待。

社妹轉眼間就把果醬麵包吃完，我拿出紙巾擦了擦她的嘴巴。

「感激不盡。」

因為要是包包裡面被果醬麵包的碎屑弄髒會很麻煩。

擦完以後，社妹很有精神地舉起手。

「我很感謝島村小姐喔。」

「哈哈哈。」

她只說了這句話，就像逃回巢穴的小動物那樣快速縮回包包裡。

她真的只表達了自己的感謝。

「哈哈哈。」

不過，這或許意外的，正是最能純粹表達心意的方式。

因為要是付出某些具體的回報，就會變成利益的交換。

當然，社妹不可能心機到有那種企圖。

「好了。」

我抓起包包。有時候漫畫裡會有在校舍暗處養棄貓的不良少年，他們的心情就跟現在的我一樣嗎？想到這裡，才想起來安達也有去年是不良少女的設定。設定，哈哈哈。

我準備起身回房間，就聽到「啊」的聲音。我一邊藏著拿在手上的包包，一邊看向聲音來源。

接著對方主動對我打招呼。

「嘿。」

「早安。」

是潘喬。她跟桑喬的不同點，應該是頭髮偏長，額頭也很寬吧。

她現在把瀏海固定在頭上，翹髮也沒有弄平。她當作睡衣穿的體育服也穿得很邋遢，腳會踩到褲腳。鞋子的腳跟部分也沒有穿好，而是直接踩在上面。

我很驚訝會遇到她，也沒料到她會找我說話。

「妳這麼早起啊。」

「妳也是。」

雖然醒著，眼皮看起來卻很沉。她在自動販賣機前停下來，在一陣眼神游移後按下標著茶的按鈕。「啊。」她似乎按了按鈕才發現沒有投幣。

「讓妳見笑了。」

她露出顧慮著我的觀感的靦腆笑容，拿出錢包。

「我只是要來買一下而已，沒想到會遇到同學。」

畢竟才一大早的——她揉揉眼睛。我簡短回答她「是啊」。潘喬投入零錢，按了兩次茶的按扭。她拿起寶特瓶裝的茶跟找的零錢之後，把其中一瓶遞給我。

「請妳喝。」

「……謝謝。」

為什麼也有我的？潘喬站到我旁邊，跟我之間隔著一個包包。

她大口喝著寶特瓶裡的茶，甚至聽得見吞嚥的聲音，隨後吐了口氣。

然後愣愣地看著對面牆壁。

我再次蹲下，但潘喬依然站著。

她不打算回去嗎？

我有些猶豫要不要打開收下的這瓶茶的瓶蓋，本來想打開，卻又停手。

當我猶豫不決時，潘喬先主動開口了。

「我問妳喔。妳跟安達同學……是那個嗎？」

她問的問題意外深入。

我對於潘喬的提問，一開始是保持沉默。我不知道該怎麼回應才好。

而她似乎也了解我的窘境，沒有等我回答，就繼續說下去。

「啊，我不是想要把妳們當笑話看。也不會把這件事說出去。」

她彎起上臂，像在表達「包在我身上」……肌肉很結實。

感覺她的手臂比口風還要堅韌。

「妳好像滿壯的？」

「因為我有很努力在鍛鍊。」

有練出肌肉所以可以信任她——聽起來是沒什麼道理可言，不過無所謂。

她的肌肉透露出她為人正直。我決定當作是這麼一回事。

「妳就當作我們是那種關係也無妨。」

我婉轉承認。潘喬發出「嗯……」的聲音，撇開視線，一樣語氣婉轉地說：

「是甜蜜蜜咖剖（couple）？」

「妳真的是女高中生？」

她精美的用詞讓我不禁懷疑她的年齡，接著潘喬說「真的真的」。聽起來一點也不真。

「我可是走在流行的最先端喔。呃，像Tsu◯Tsum就玩得超凶的。」

「喔～」

看來她只聽過名字。我也是。而且我也不知道走在流行最尖端的女高中生是不是都在玩Tsum◯sum。

「喔～是喔，嗯。」

「妳不知道怎麼反應的話，不用勉強自己說什麼沒關係。」

「那真是太好了。」

潘喬笑得很保守，並閉上眼。但馬上又睜開眼睛看著我。

「Couple？」
她重新挑戰一次，發音比剛才標準了。
「嗯，couple。」
她問我可不可以跟她交往，而我也答應了，那我們就是千真萬確的couple。
「Couple……我還是第一次親眼見到。」
「我想也是。」
「啊，不是單指女生跟女生而已，我很驚訝學校裡真的有在交往的情侶……有時候是會聽到傳聞，可是一般來說，不是當事人也沒機會目擊嘛。」
說完，潘喬的臉微微泛紅。看起來像是想到了自己。
說不定她喜歡的人也在學校裡。想必也沒能有機會跟對方牽起緣分。
「是啊。」
我轉動茶的蓋子，把它拿下來。「謝謝妳。」我再跟她道謝一次，喝起手上的茶。
標籤上寫著清爽，清爽大概就是這種味道吧。
清爽喝起來很好喝。
「這樣的話，不就那個嗎？」
「哪個？」
「我們會打擾到妳們嗎？」

潘喬微微彎曲膝蓋，詢問我的意見。
「我不記得有被妳們打擾到。」
「呃，可是待在房間裡的時候，兩個人獨處比較……嗯——」
「比較怎麼樣？」
「就是……」
潘喬摀著臉，低下頭。她透過手指間的縫隙偷偷看我。
「妳懂的啊。」
「我不懂。」
「會親熱一下唄？」
「在教育旅行的期間不會。」
「旅行期間以外就會嗎？」
她感覺非常好奇地不斷提出問題。會嗎？我回想了一下。
頂多親個額頭而已。
……看來是會。
「我們還只是筆墨之交……」
「比墨汁蕉？」
她的反應聽來不是在裝不知道，而是真的聽到了不熟悉的用語。

「嚼～？」

她不知道筆墨之交這個詞嗎？明明年齡差不多，卻感覺我們之間有代溝。

用其他方式來形容的話，呃——

「郵件筆友。」

「咦？妳們只是朋友？」

「那，就郵件筆戀。」

「妳的『那』是什麼意思啊！」

潘喬搖晃我的肩膀。妳這樣問，我也不知道怎麼回答——我撇開視線，露出笑容。

聊到現在，我覺得她還挺有趣的。

潘喬雖然個性上有些靜不下來，但她臉上也一樣是笑容。

「妳跟安達同學會一起做什麼？」

「一起做什麼……普通的事吧？」

「普通？普通的情侶會做什麼？」

「會做什麼……我也不知道，正傷腦筋呢。」

這完完全全是我的真心話。這世上的情侶每天都在做什麼呢？

潘喬把自己的下巴往上推，合上自己合不攏的嘴。

「這樣啊……」

這似乎在潘喬心目中也是未知的領域，畢竟她還特地問。反應沒有很大。

「妳們約會都去哪裡？應該說，妳們有在約會嗎？」

「也不能說是約會……不過我們有時候會去附近的購物中心。」

「那就一樣嘛。」

跟我們一樣——潘喬指著下巴。「是啊。」我語氣乾脆地表示同意。

「那樣算約會？」

「應該吧～」

我忍不住做出自暴自棄的回應。感覺也不是很了解的潘喬說著「原來如此原來如此」，然後——

「啊，不過有些事情我大概看得出來。」

「什麼事？」

潘喬有些得意洋洋地挺起胸膛，說：

「約會的時候啊，安達同學會比平常更在意外表而花很多時間打扮；島村同學就會穿著平時穿的衣服，心平氣和地赴約吧？」

「咦，我才沒有……」

我本來打算反駁，但又稍做思考起來。回想一下……嗯。

「啊～嗯……我或許沒辦法否定自己有那種傾向。」

哈哈哈哈——我用乾到極致的乾笑敷衍，同時把視線撇向一旁。
其實我一直到現在才終於察覺。我是不是該多用點心比較好？
畢竟是女朋友嘛。我們彼此都是。
「剛才跟妳聊完，我就有這種感覺。島村同學妳比我想像中的還要大而化之。」
「大而化之啊……」
我曾在剛起床時被說臉看起來像化開來了。我自己也很想看看，但被這樣說完以後，我還沒拖著腳步到鏡子前面，臉就已經凝固了，實在很難親自看上一眼。
當然，這跟潘喬說的事情完全沒有關係。
對話短暫消失。我們都先喝口茶，喘口氣。
如果潘喬不在，我也會拿給社妹喝。
走廊上依然還沒有除了我們以外的人出現。只有自動販賣機的低沉聲響在角落響起。
「我可以問深入一點的問題嗎？」
要問的問題還真多耶——我用這樣的眼神抬頭看她，看到潘喬用茶的瓶蓋壓著下嘴唇。
「雖然可能會惹妳生氣，不過機會太難得了，我很好奇。畢竟也不是四處隨便走走就遇得到。」
「這可難說喔。」
「咦，難道還有哪些人也是？」

我想起日野跟永藤的身影。

「沒有，我也不知道。」

「嗯，畢竟看不出來嘛。」

所以很想了解一下——她表情明顯充斥著好奇心。

「我搞不好沒辦法給妳答案，不過妳就問吧。」

潘喬大概很滿意我的回答，嘴角勾出有些高興的笑容。

接著，她提出一個問題試試水溫。

「島村同學妳是喜歡女生嗎？」

「唔……」

馬上就問了個很難回答的問題。我算是嗎？

我沒有喜歡過很多人，無從透過經驗來比較。

「妳看班上女同學的時候啊，會冒出『是美女耶，呵嘿～』的想法嗎？」

「『呵嘿～』是怎麼樣……」

我傻眼地仰望潘喬，專心盯著她看。

「應該不會。」

「妳這樣人家會害羞啦。」

察覺我用意的潘喬抓了抓臉頰。看起來有點高興。

「那安達同學呢？」
「安達她……與其說是喜歡女生，不如說是喜歡我？」
「咻～」
「因為她眼裡只有我。」
「咻呼～」
她吹口哨吹到破音了。而且吹到一半還嗆到。
「不愧是甜蜜蜜 couple。」
「哈哈哈……」
她是不是很中意那種說法？既然是甜到有兩個蜜，那就得要有雙倍的愛。
……這個嘛，我想她有吧。
「關於這個又可以再延伸出一個疑問。」
「嗯，延伸。」
「妳看到女孩子的胸部，會心想『好想揉喔』……咳，『好想摸摸看喲～』嗎？」
為何要用裝可愛的講法重新講一次？還有，手指不要開開合合的。
「我是不會。看到胸部大的人會心想『好大喔喔喔喔』而已。」
這大概是全天下人都會有的感想。有人看到永藤會不這麼想嗎？
「是喔。那妳會忍不住視線一直飄過去嗎？」

看過來看過來——潘喬一手撐著腰，挺起胸部。
……大小應該跟安達差不多。
我從低角度看著她，覺得她全身都是破綻。
「妳的意思是，我說想摸的話，妳就會給我摸嗎？」
世上會有這麼有求必應的事情嗎？雖然心裡這麼想，我還是講出口問問看。
真的有的話，人生就是八景島海洋樂園了。
潘喬遮起原本挺起的胸部，說著「咦咦咦」煩惱起來。
「島村同學算長得可愛的，給妳摸一次應該……啊，可是妳是認真派的，這就……」
「認真派……」
我還是第一次被人這麼說。原來我是認真派的？會襲胸的認真派。
感覺是個不要在社會上打響比較好的名號。
「呃，雖然有點過意不去，但還是不要好了。」
她豎起手臂，對我說「抱歉了」。現實是殘酷的。
「啊，好。不對，反正要是給安達知道我摸別人胸部，搞不好會被她殺掉。」
其實光是這樣聊天都很危險。
「別看安達小妹妹那個樣子，她很愛吃醋呢。」
我覺得好像也不是只有「很」而已。我在安達的世界裡占的比重無限趨近於百分之百。

她對我的愛豈止是甜蜜蜜，是甜蜜蜜蜜蜜蜜蜜蜜才對。
「是喔，明明外表看起來那麼冷靜……啊，不過，說起來她的確有點像是會因為這樣吃醋的人。」
潘喬瞇細雙眼笑道。她好像發現什麼東西的動作好讓人在意。
「哪部分讓妳覺得像？」
「感覺她會很專心地凝視著一個東西，其他事情都不放在眼裡。」
我暗自感到佩服。
覺得她觀察得很仔細。
「麻糬我喜歡吃紅豆餡的。」（註：日文的「吃醋」與「麻糬」部分同音）
包包傳來一聲細語。我往包包旁邊打了一下。
「嗯嗯？」
潘喬左右張望。我故意不看她，假裝完全沒發現有人說話。
「算了，這麼老舊的旅館有幽靈也不奇怪。」
潘喬用這種理由說服自己沒問題嗎？雖然省了不少麻煩。
「啊，我還想問妳一些很像性騷擾的問題。」
「我覺得剛才的已經很像性騷擾了耶。」
潘喬鄭重咳了一聲。這次會是哪種類型的問題？我繃緊神經，僵直身體。好讓自己能毫

髮無傷地架開任何形式的衝擊，避免遭受震撼。

潘喬壓低語調，說：

「妳有看過安達同學的裸體嗎？」

「昨天有看到。」

「昨天！」

潘喬訝異到後腦勺去撞到牆壁。她一點也沒有覺得痛的樣子，果然有練過。

但頭部要怎麼鍛鍊？要是用撞頭來訓練，感覺會在練成金剛頭之前就撞壞掉。

「妳說昨天，啊，洗澡的時候嗎……」

潘喬這才終於察覺我的意思。

「不然除了洗澡以外，還有什麼時候看得到？」

「呃，那當然是……」

支支吾吾的潘喬臉頰微微泛起赤紅色彩。

「像是兩個人在房間裡獨處的時候……就是醬嘛（這樣）。鏘！」

她往前踩了兩步，順著這股力道強調自己的話。她的踏步強而有力。

「鏘。」

「鏘鏘。」

潘喬發出像樂器一樣的聲音。她冷靜下來以後，又提出新的問題。

「是誰先主動告白的？」

「安達。」

事前說可能答不出來，但我全部都回答了呢——我稍微在心裡自嘲。

「我想也是。」

我很在意潘喬的反應為什麼是笑得肩膀跟著抖動。

「妳應該要問為什麼吧？」

「因為島村同學看起來對人更沒有興趣啊。」

潘喬不經意地直搗核心。

「妳看起來跟大家相處得很好，可是感覺心裡是覺得這些人都無所謂。」

「…………………」

潘喬在我不知道該怎麼回應時，又自己訂正說：「啊，不對。」

「說覺得無所謂好像不太對。這可能跟剛才講到穿什麼去約會也有關……應該有關。我不是說這是缺點，只是妳感覺會接受眼前發生的一切，其他人想做什麼就隨他去。還是該說別人想做什麼都覺得無所謂？」

她的解釋跟補充說明，讓我忍不住聽得入神。

我沒料到會被一個也沒怎麼講過話的女同學把自己個性描述得這麼清楚。

潘喬的觀察力實在驚人。還是說，我跟安達的個性在旁人眼中就是這麼容易看出來？

「這些我都表現在態度上了嗎？」
「之前是。但我覺得現在就不是了。」
「那現在呢？」
「現在？當然是甜蜜 couple 的感覺啊。」
蜜變少了。不過甜蜜這個詞還是緊黏著我們不放。
既然我們在周遭人眼裡看起來是那樣，那安達照理說不會有所不滿才對。
「什麼事情都是甜蜜。」
「島村同學眼裡的天空，肯定也是甜蜜色吧。」
「那也太恐怖了吧。」
而且也不知道那到底是什麼顏色。說到愛情……可以當作是紅色嗎？
而說到紅色，無疑就是安達了。她的臉頰跟耳朵總是紅通通的。
那些紅色紅到極點還會從嘴裡噴發出來，對我告白。
「可是島村這種個性的人會待在她身邊，就表示妳應該也很中意她吧？」
潘喬不經意提出的推論，讓我驚覺到這一點。
她的話語聽來事不關己，只是輕輕帶過，也因此能夠輕易打進我的內心。感覺就像有大片光芒瞬間照亮充滿潮水的洞窟深處。或許正是她直截了當地戳中我完全沒預料到會被提及的事情，才會讓我如此震撼。

我感覺自己仰望著的事物，比走廊的燈光還要耀眼。

「……原來如此。」

或許真的就像她說的那樣。

我很中意安達是嗎？嗯……嗯。

潘喬不在意甚至有些感動的我，一派輕鬆地繼續說下去。

「如果妳們的甜蜜度見底了，隨時可以跟我們說喔。我們這些電燈泡會乖乖離開房間……啊，可是睡在做過那種事情的房間有點……太衝擊了。」

潘喬支支吾吾的聲音聽起來很模糊，彷彿溺水一般。

「妳的好意我心領了。」

我不想在教育旅行期間特地做些會把現況搞得很複雜的事情。

過一陣子……過一陣子怎麼樣？我試圖回想起卡在腦海角落的畫面。

但我無法捕捉到跳脫在框架之外的那個畫面。

想強行看清楚，會導致腦袋裡痛得像抽筋一樣。

「啊，妳們今天不用管我們，兩個人單獨行動也沒關係。」

「而且那樣妳們也不用多花力氣顧慮我們。」

「嗯。」

潘喬沒有否認。我滿喜歡她這種瀟灑的態度。

「……好。我很高興可以聽妳跟我講這些。」
她離開牆邊，替我們的對話作結。
我也覺得這場對話相當有意義。畢竟沒什麼機會能跟人談這些。
之後只需要祈禱潘喬不會輕易說出去。不曉得她有沒有鍛鍊嘴巴？
「最高興的是能知道島村同學是個比我想像中還要有趣的人。那，我先回去了。」
潘喬腳後跟部分被踩扁的鞋子跟她的腳底相互碰撞，讓她在回去時留下獨特的聲響。
直到那聲音遠去，我才意識到自己屏住了呼吸。
呼——我輕吐一口氣。把空氣吐出來之後，頭痛也稍微和緩了一點。
我不小心跟潘喬聊得太開心了，要是這裡是連明天能不能繼續活在世上都不知道的世界，我搞不好會成為下一個犧牲者。聊下來的整體氣氛很和平，很棒。不和平的話，搞不好會被安達殺掉。
「要喝茶嗎？」
我對包包這麼問。只有一隻白皙的右手從包包裡面竄出來。這樣很恐怖耶。
「妳頭也出來一下。」
「咻！」
我把清爽麥茶遞給乖乖出來的神奇生物。
「啾嚕啾嚕。」

那恐怕不是正常喝茶會發出的聲音。
「島村小姐好像也很辛苦呢～」
「是啊～」
「那我先睡了。」
「晚安。」
我聽到包包裡傳來清楚的打呼聲。
真是輕鬆到令人羨慕的生物。
我揹起包包，晚潘喬幾步返回房間。
不曉得是不是猜測我會馬上回房間，房間門是開著的。我走進門，發現還有三個床鋪裡是有人的。潘喬則是拉開窗簾，欣賞窗外的景色。從這個房間看出去，只見樹林漸漸沐浴在朝陽下，然而深綠色之處仍有些昏暗，還沒完全甩掉夜晚。看著看著，就會覺得鼻子聞到了遠處的土壤氣味。
覺得照進房間的陽光很刺眼的安達扭著身體，而我蹲到她旁邊，輕輕搖晃她。
大概是她本來就快醒了，安達一下子就睜開眼睛。
「早安。」
我跟安達打聲招呼，她有些驚訝。大概是在驚訝我比較早起床吧。
又或者是還在掛念昨天在澡堂發生的事情。

接著她眼神開始聚焦，慢慢清醒過來。

「早安，島村。」

安達一臉可惜地俯視著在不知不覺間放開的左手。

在我視野角落的潘喬則是雙手環胸，「嗯、嗯」地點了點頭。

我完全搞不懂她的立場，讓我忍不住輕輕笑了出來。

我們第二天要搭遊覽車到主題樂園——導覽手冊上面是這樣寫的。

遊覽車已經在前往下個目的地的路上了。我們吃完早餐以後馬上就得集合，看來行程排得很緊。大概是因為這裡四周圍都被山擋著，沒什麼太陽，早上離開旅館的時候很冷。

天氣則是從昨天晚上到現在，都是沒什麼雲的晴天。

遊覽車好像不是直接前往目的地，而是要先繞去別的地方。

「主題樂園好像是荷蘭風格的，說到荷蘭妳會想到什麼？」

我詢問坐在旁邊的安達，她輕輕搖了搖頭說「沒想到什麼」。她看起來想起了什麼，臉頰慢慢變得通紅。接著轉過頭，視線逃往窗戶。

「我就不問妳想起什麼事情了。」

「沒……沒事。」

「妳又變成沒事星人了。」

我故意捉弄安達，就看見窗戶上隱約照出她鼓起臉頰的樣子。

窗外的道路愈來愈狹窄，變得崎嶇複雜。

從山附近的旅館出發的車子，似乎正往其他座山前進。山區的景象我在家鄉也看習慣了——雖然心裡這麼想，我還是一直望著窗外。

腦袋裡不時想起早上跟潘喬聊的那些話。

我覺得那是一段很有意義的對話。不過印象最深的都是「couple」那些不重要的部分。我對自己有點傻眼，畢竟這樣好像也沒什麼回想起來的必要。此時，我像是被最後留在腦海裡的那句話下了命令般，眼睛往安達看去。

我望著安達那張彷彿秋天到來，增添了少許色彩的側臉。

我很中意安達。這是千真萬確的。我不允許彼此間有距離感的人做的事情，換她來做，大多不會介意。所以才會覺得跟安達待在一起也無妨。

再來就是這種關係能加深到什麼地步，跟我們打算加深到什麼地步的問題了。

目前，我們已經一起到日本的一端了。那，接下來要到哪裡去呢？

遊覽車走了很長一段時間，又進入別座山的山腳。

這座山的名字連我也知道。也知道這是座活火山。

遊覽車並沒有完全走進上山的路，而是開進寬廣的停車場。老師告訴大家馬上就要停車

了。停車場就是我們的目的地？車上充滿這樣的疑惑。

但等到了停車場一半的地方，這份疑惑就得到了解答。

感覺真的很像直接闖進雲霧當中。

周遭全是一片大霧。

「什麼都看不到。」

安達貼在窗戶上，小聲說道。其他同學的反應也很類似。這是可以被稱作濃霧的等級了嗎？我在家鄉完全沒機會見到濃成這樣的濃霧。

我們接下來要在班導的指示下，到外面走一走。老師提醒我們下遊覽車以後不要擅自亂跑。要安分到什麼程度，才能算在沒有亂跑的範圍裡呢？

我有點猶豫該不該帶包包，但最後還是決定揹在身上。這麼做也沒什麼特別的理由，只是心想她不曉得會不會覺得霧很新奇。

我們一大群人一起走下遊覽車。前方傳出聽來很像尖叫的反應，刺激了我的好奇心跟恐懼。回頭一看，安達好像不怎麼感興趣地跟在我後面。

接著，輪到我下車了。

「好誇張。」

一走下停車場，就什麼都看不見了。正確來說不是什麼都看不見，是只看得見一整片白的濃霧。這時候回過頭，就看到遊覽車的車身也已經被霧掩蓋。

霧裡接連傳出同學們的叫聲。聽起來很開心的叫聲從不知道距離多遠的地方傳來，造成了大家輕微的慌亂。氣溫感覺比在旅館時更低，身體忍不住發抖。

原來霧打霧撞就是這種感覺啊。隨後，我才察覺誤打誤撞這個成語裡沒有霧字。

「不對，是哪個成語……四面楚歌……啊，是五里霧中才對。」

我這才終於想起正確的形容方式。原來如此，這成語說的沒錯——我環望四周，了解到成語當中的意思。被這麼濃的霧包圍，根本不可能知道該往哪裡走。

霧裡忽然出現別人的肩膀，害我嚇了一跳。近到跟眼睛只差三十公分左右的時候，才終於看得到形體。要是隨便亂走，搞不好真的會回不去。

我下遊覽車以後太專心看霧，不小心走了幾步。現在才驚覺這件事，也為時已晚。本來回頭馬上就能看到安達，現在卻看不見她。

我連自己面對的是不是遊覽車在的方向都不太確定。

「島村。」

安達在叫我。

「安達～」

我也回應她。她雖然繼續喊著「島村～島村～」，可是我無法確定是從哪個方向傳來的。

沒想到視野往左往右都沒有變化，會連耳朵的方向感都變得這麼不可靠。

我自覺五種感官彼此衝突，同時依然被自己陷入混亂的感官玩弄。

「妳在哪邊～？」

「這邊。」

如果安達也為了找我而亂走，搞不好會更難會合。想是這麼想，但安達大概不會停下腳步。這樣的話，就只能由我暫時停下來了嗎？

我停下來之後，就聽到老師出聲說要整隊。不過我聽不出聲音來自哪個方向。我覺得這種環境要大家下遊覽車好像有點草率，但說不定老師也不曾體驗過這麼濃的霧。霧也不是永遠不會消失，再糟也只要靜靜待在原地就能得救。

我也不是不擅長保持不動。

我重新揹好包包，一邊聽著安達微弱的聲音，一邊面向前方。

這就是沒有安達存在的世界啊——我面對只有霧的視野心想。

「…………」

眼前是朦朧大霧，身體也絲毫提不起勁。

有點像高中一年級時開始體會到的怠惰生活。

這樣的話，我大概什麼地方都去不了。

可是，我現在卻身處跟當時完全不同的地方。

我思考著為什麼會這樣，然後踏出了腳步。

一種必須找到安達才行的情緒突然高漲。

不知道是不是我的心情明顯到周遭人也感覺得到——

我揹著的包包傳出一道聲音。

「在右邊喔。」

右邊？我往她說的方向伸出手。

因為在霧裡移動而漸漸降溫的右手指尖，碰到了很像別人肩膀的東西。霧的另一頭有人碰觸我的手指。一開始還有些膽怯，但在輕輕撫摸我的手指以後，就像確定我的身分了一般，用力抓住我的手。我對這種加強力道的方式有印象。

在我用眼睛確認之前，觸覺就先找出了答案。

「找到島村了。」

安達劃開濃霧，出現在我面前。

她用雙手穩穩包住我的手。安達湊過來的方式，也讓我感到安心。明明才分開不到一分鐘，分隔兩地的感覺卻比平時還要強上許多。安達似乎也是跟我一樣的心情，很難得臉上露出毫無防備的笑容。

我們就這麼牽起手，像我們入睡的時候那樣。

這次有濃霧替我們掩蓋身形。

「謝謝。」

我這句簡短的道謝不是對安達，而是朝著包包裡面說。

「那我要繼續睡了。」

「好好好。」

遠處傳來的鳥鳴聲當中，摻雜著一陣很有漫畫風格的安穩呼吸聲。

「妳在跟誰說話？」

「只是自言自語的老習慣。好了……啊～我真的得再說一次，好誇張啊。」

明明就在我旁邊的安達也很快的，已經除了牽著彼此的手以外都看不見了。

也看不出安達現在是什麼表情。

不過牽起手來，就讓身體得以確定右邊是哪一邊，進而連左邊跟前面也得知了正確的方向。

我跟安達的手，成了彼此確認方向的標記。

「我們走個幾步吧。」

雖然必須回去班導那邊集合，但我想特地走動一下。

我剛剛正試圖走去找安達。只要找到我要找的安達，就沒有其他該去的目的地了。因為去哪裡都一樣。

「雖然之前都忘了，不過我其實是個不良少女。會做壞事的喔。」

跟我牽著手的安達肯定也被傳染了我的耍壞因子。

所以我才會用這種「我才不會乖乖聽老師的話」的態度要她陪我走一走。

我看不到安達的臉，但她手臂的上下動作傳達了她的意見。

「走吧。」

「嗯。」

「畢竟大概也只有現在，才能跟島村牽手走路。」

我本來很困惑她是指什麼，等盯著霧一段時間，才聽懂她的意思。

「我有點意外安達妳會在意這種事情。」

「……我不在意。可是島村妳好像會在意……」

感覺好久沒聽到安達這樣顧慮別人了。

是昨天在澡堂裡的血液循環太良好，反而冷靜下來了嗎？

那我不惜讓她看自己的裸體也是值得。

……先不說玩笑話了。

「妳這樣還是乖孩子啊。」

明明設定上是擅自行動的兩個不良少女。那，就改走壞孩子帶壞好孩子的方向吧——我開始往前走。這樣做有意義嗎？有。我的心裡有這個願望，並且打算完成它。我想這個行為中沒有除此之外的意義存在。

我只是想在霧裡面走走看。

直直往前走。往我跟安達兩個人直視的方向走。那就是「前面」的定義。

就算其他人看不見，我們心目中也有堅不可摧的正前方存在。
「因為這片霧而找不到島村在哪裡的時候，我心裡在想——」
「嗯？」
安達加強手指的力道，把我的手拉向她。
「想說……要是島村不見了，我的生活大概就會變成這樣吧。」
「…………………………」
我還以為安達在視野被濃霧遮蔽的狀態下，雖然看不到我的表情，卻看得到我的心思。
還是說，其實我們的本質上是一樣的？
「……島村？」
我很煩惱該不該說出口，但反正也看不到我的臉，沒差啦。
「我也是喔。」
「……咦？」
「我也跟妳想著一樣的事情。」
我發出「唔嘿嘿嘿」的笑聲，試圖敷衍過去。安達像要搖響鐘聲般，用力拉我的手。
「妳再說一次剛才那句話。」
「霧要散開了，不行。」
如果沒有霧擋著，被安達看到我說那種話的表情……不是很難為情嗎？

「霧濃得完全沒有要散開的樣子啊。」
「這很難說耶～搞不好會把霧都吸進身體裡，就不見了。」
我一邊說著蠢話，一邊直直往前。
眼前什麼都看不見，感覺就像走在名為未來的道路上。
我想起在船上看見的景色。
能夠看見眼前每一個角落，卻什麼都看不見的海上夜景。
感覺很類似在霧中前行。
不過，這兩種景象都不會讓我懷抱不安。
不管看得見，還是看不見。
只要兩個人一起走，在五里霧中也能夠無所不知。
我現在才第一次體會到，所謂無敵就是這麼一回事吧。

之後我們一如計劃好的行程前往市內，也逛了主題樂園。
我跟小組分頭行動，跟安達兩個人一起在花盛開到根本看不到花朵間隙的地方散步。
不過那一天最讓我印象深刻的，還是在霧裡的那段時間。

第二天是住飯店。建築外型比旅館還要高。

仰望著它，就會連想到長崎蛋糕。

我最先冒出的是這樣的感想，我也把感想告訴安達，結果被她說「妳果然很奇怪」。

飯店的房間就不能一間睡五個人了。得分成兩間房間。

一聽到這件事，潘喬馬上就雞婆起來。

「我們三個住一間，兩位就放心獨處吧……」

她非常刻意地替大家做了比較方便的安排。被渾身肌肉的潘喬拖走的其他兩人沒有表示反對。畢竟我們也在的話，氣氛就很難活絡起來。

雖說是讓我們兩個獨處，但實際上算是三個人。只是除了我以外沒有人知道她在，而且也不太確定她該不該用「人」來算。我把包包拿到床邊擺好，暫且先坐下來休息一下。

「走得好累。」

我簡單扼要地描述今天一整天的行程。距離晚餐時間還有一小時的空檔。

想必躺到床上的話，這一小時很快就過去了。

不如說連三小時都能輕鬆消耗掉。

名為慾望的線試圖把我往後拉，像不倒翁一樣滾到床上時，我發現坐在對面床上的安達正在扭來扭去。她兩邊膝蓋貼在一起，整個人縮著身體。

「怎麼了？」

「只是在想……這裡只有我們兩個人。」

安達很鄭重地提醒現況。事到如今，兩個人獨處還有什麼好緊張的嗎？

「在我家裡的時候，不也會兩個人獨處嗎？」

而且在體育館的時候也是。

「因為，這裡是……飯店……」

她看著天花板，語調加速地小聲說完這段話。嗯，飯店。原來如此。

「我的身體有危險了。」

「咦！」

「呀～！」

我遮起在澡堂時被特別關注的部位。我就不說是哪裡了。不過她看得那麼入神，搞不好已經學會能透視衣服跟手臂的特殊能力了。一般會把這種能力稱作妄想。

安達大概也有察覺我的意思，很驚訝地說著摻雜兩種否定用語的「不沒」。

「等回去我再找一天問清楚妳的『不是，我沒有』是什麼意思——」

我脫下鞋子，當個不倒翁在床上恣意亂滾，決定要躺在哪個位置。

我躺在床偏左的位置，朝安達伸出手。

「安達妳要不要也一起過來躺？」

我問安達要不要一起休息，她晚了一拍才驚訝得身體往後仰。
「不……不怕身體有危險嗎？」
「我相信妳不會亂來。」
再說，我打一開始就沒有懷疑她會做什麼。我早就學到安達有多溫和，膽量又在什麼程度了。
不過，偶爾也會採取超乎我學到的知識的行動——安達就是這樣的人。
「我在想，安達妳應該會喜歡這樣吧。」
而且就算有兩張床，各自躺在一張床上，要講話會嫌距離有點遠。聲音要多花點時間才能傳達過來的話，意識很可能會在等她回應的時候逐漸遠去。
現在也是一閒下來就一直打呵欠。
我需要安達這個鬧鐘。
「所以，妳不介意的話就過來吧。」
「那……那……打擾了。」
安達一步、兩步地慢慢拖著腳靠近，最後是膝蓋撞到床的邊緣，慌慌張張來到我的旁邊。她跌得很大力，額頭直接撞上我的肩膀。
「咕耶！」
連我都覺得肩膀會痛了，所以不會是只有一點點磨到的輕微碰撞。

頭上撞出紅色圓印的安達，一語不發地盯著我看。
我用放鬆的笑容，朝鼻子近在眼前的安達打招呼。
「歡迎～」
「我……我來了。」
最近覺得安達一點也不乾脆的附和有點上癮。
而她再來會想要的，就是這個吧。她會想要這種距離感。
「妳想要躺在我手上，還是我躺在妳手上？」
要哪種要哪種——我揮舞著手臂。安達非常煩惱地抬頭看著我的手臂，然後——
「能不能……兩個都要……」
「喔喔，這點子不錯耶。」
我們把彼此的手借給對方當枕頭。兩隻手交叉在一起很難擺，也很卡，不過可以同時感覺到頭的重量跟柔軟的手臂。或許輪流來也是不錯的做法，但那樣不浪漫。
我倚靠在她的手臂上休息，而安達的頭髮也搔得我的手很癢。
「妳覺得教育旅行怎麼樣？」
我不小心就問了一個很像當媽媽的會問的問題。不過我跟安達之間的關係，可能也包含了這一塊。這個年紀就要當媽啊——這讓我有些排斥，所以天天都在想要怎麼樣才能只當她的姊姊。畢竟我習慣當姊姊了。

「……普普通通……吧。」

這對不喜歡集體行動的安達來說，應該也不是能打心底感到高興的活動吧。

她的語氣聽不出開心，很平淡。

「但是很喜歡泡澡嗎？」

「島……島村妳這個，呃，蠢蛋……不對，妳很壞耶。」

總覺得她一開始好像有提到一個很不客氣的謾罵用語。我躺著當枕頭的手臂擅自亂動，輕輕敲打我。

「我開玩笑的啦。不過，其實我的心情也跟妳差不多。」

雖然有很多開心的事，也有些被人點醒的事情。但是——

「我現在心情上還是很像被父母帶出來玩的。」

我不是靠自己的錢搭上飛機。

即使不是自己的錢，也只能到不算太遠的這裡。

這就是現在的我的極限。

我依然躺在床上，看向角度翻轉的景色。

把窗簾拉開的窗外，是一片無雲的夜空。

「我中午的時候聽別人說才知道，說晚上沒有雲的話，隔天很容易起霧。」

「是喔……」

「明明『明天』這種東西，在那一刻來臨之前都是一片迷霧。」

我第一次遇見安達的前一天，也沒料到會認識安達。

而我現在，卻跟當初不知道會認識的安達躺在一起。

到底有誰能夠事前預料到會演變成現在這樣？

霧裡所見的，是完全未知的世界。

「我啊。很想知道自己能跟安達一起走得多遠。」

我歪著頭，雙眼直視著安達說道。安達沒什麼反應。

我沒頭沒尾地說出這番話，會沒辦法反應也是理所當然。不過，我還是接著說下去。

「我在想，現在是靠著別人的力量來到這裡，不過五年後，還有十年後，我又會在哪裡？又能夠到多遠的地方？未來就像藏在迷霧裡一樣，不知道長什麼樣子，所以我才想走走看。」

就算獨自沒頭沒腦地亂走，我也沒有自信可以大方說出自己成功往前邁進了。

但是跟安達牽著手一起走的話，感覺可以不迷失「前方」的方向。

安達驚訝地睜大眼睛。她甚至忘了眨眼，聲音沙啞地說：

「我是不知道詳細是怎麼回事。」

「我想也是啦。」

「不過這件事先擺在一邊。」

我希望她不要這麼乾脆地結束這個話題。安達借我當枕頭的手臂在我的頭底下響動。

「我希望妳十年後，也能在我身邊……這樣的結論可以嗎……？」

安達只擷取自己最關心的部分，戰戰兢兢地向我確認。

十年啊。

雖然我認為這不是能隨便保證一定遵守得了的一段時間。

但我還是把我現在的想法告訴她。

「我覺得可以。」

只有跟安達有關的事情，能讓我思考得這麼深。

而雖然程度有差，不過安達也是腦袋裡只想著我。

足夠兩人共同生存下去的思考量，在我們兩人之間相互往來。

我只需要這一點理由，就能決定該往哪個方向前進。

安達表情開朗起來，睜大的雙眼裡滿是光輝。

升二年級那時候她看到貼出來的分班表，也是這個表情。

「雖然會是差不多十年以後的目標。不過，我們下次一起去國外看看吧。」

我跟安達約好要實行一開始被我拒絕的旅行提議。同時，腦海裡也浮現另一個女生的臉龐。

回去之後，得把一些事情好好說出口才行。

「我還以為妳是說哲學方面上的遠，原來是物理上的遠？」

「咦，不行嗎？」
去遠的地方很花錢。也很花時間。必須持續累積很多種東西才能達成。
而我想要兩個人一起完成這個目標。
安達搖了搖頭，頭髮摩擦到我的手臂，弄得我很痛。
但這份疼痛，也讓人心情暢快。
「明天又會霧茫茫的了。」
「……嗯。」
要是起霧了，就再牽起手吧。
小小旅程的夜晚來臨。
我們的第一次旅行，也是約好兩個人一起嘗試更多事情的起點。

最後。
「我回來了～」
「妳回來了啊。棒呆了的禮物呢？」
「啊～禮物啊……妳打開那邊的包包看看。」
我妹打開比我先到走廊上的包包。應該說，包包在她動手打開前就自動敞開了。接著就

從裡面竄出一個禮物。

「啊，小社！」

叭叭啦叭——還附帶了一段不知道從哪裡冒出來的音效。

「返家」

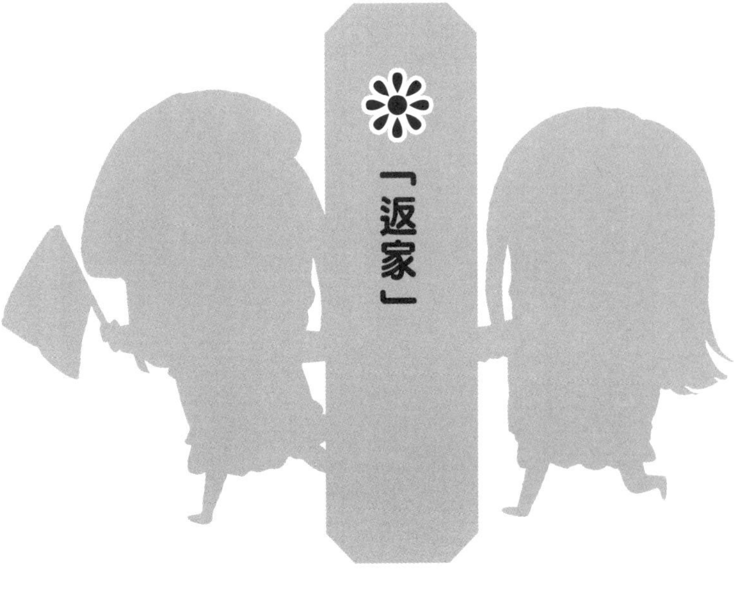

「飛機的聲音啊，會讓人有被搬運的感覺對吧？」
島村在前往機場的路上，說出了這番話。
「聽到那個『嗚噫噫噫噫嗯』的聲音會覺得自己好像變成行李一樣。」
島村的手在空中揮動，配合「嗚噫噫噫噫嗯」的部分表現出飛行不穩定的飛機。
「唔……會那樣……嗎？」
我都是腦袋放空地消磨時間，從來沒有想過這件事。
而且我也沒有當過行李，不是很懂被搬運的時候是什麼樣的聲音。
「妳喜歡搭飛機嗎？」
「嗯～太吵了，不喜歡。」
她若無其事地否定。講得好像很有興趣，卻又在最後否定，實在很像島村的作風。我覺得她有些迷糊。而我也很喜歡被她這樣的個性耍得團團轉。
我們在機場裡走路的速度，比去程的時候快了一點。距離退房還有點時間、離飯店不遠、下次要很久以後才會來——在各種言語一點一滴的欺騙下，我們失去了時間上的從容。或許要昨天就先去看有名的螃蟹招牌才對。不過應該也有些東西是只有今天才看得見、感覺得到的，所以我覺得這樣也無妨。

在來這裡之前，島村跟我說了這些。

我們已經結束旅程，在返家的路上了。再來的行程只剩下搭飛機回家。

島村明顯覺得很麻煩。原因之一大概是幾乎沒有用到的行李很重吧。再加上，島村不太會整理東西。

她感覺會以逃避來結束一件事情。

「……………………」

我一直希望自己能夠站在見證島村結束一件事的立場。

這趟旅行很開心。

把這次旅行做個總結，就是這一句話。有島村在我身邊，所以很開心。

而構成這份開心結果的因素，多到需要花很長一段時間才能講完。

我夢想能兩個人一起遠遊，而這份夢想實現了，旅行本身也真的是段如夢似幻的時光，卻又是不能像夢境那樣輕易忘記的一段回憶。

目前這趟旅行才剛結束沒多久，還不到可以把這些事情當作回憶來述說的時候。以後想必會再回想起這段時光。像是不經意抬起頭時、看到伴手禮時，還有睡前。旅行中的最大收穫，就是創造回憶。

「啊，等一下。」

就算在趕路，島村也不怎麼慌忙的樣子。途中發現賣當地名產的小賣場，還是會繞過去看一看。我陪她一起看一下，在經過賣場內的商品櫃時聞到很強烈的巧克力香味。這個味道很清爽。島村像是聞到那股巧克力香而想起先前忘記的事情一樣，買下了巧克力。

「這裡果然不會有當地名產的果醬麵包這種東西啊。」

聽到她小聲這麼說，我就知道那是要買給誰的禮物了。我忍不住生起悶氣。

島村對那個神奇的生物很好。而我感覺她對那個生物的善意，似乎跟對待我跟別人的善意有些不同。我有段時期很不喜歡她這樣。

到現在也還殘留著一點點。

「那個，島村。」

「怎麼了？」

我叫住準備離開禮品店的島村。

「我……也想要一些伴手禮。」

「呃。」

島村的瞳孔彷彿月亮的圓缺，位置跟形狀不斷變化。

「妳跟我，現在人就在這裡。」

「嗯。」

她這句話聽起來很像在吟詩。

「抱歉，我不懂安達同學在說什麼呢。」

椅克斯Q茲咪（Excuse me）——她現在才拿出在搭上去程的飛機後忘掉的英文。
都已經要回去了。
「想說當個紀念……」
「喔。」
她的表情看起來就是聽不懂我在說什麼。但沒有搞懂的島村依然採取行動。
島村小聲說起「對了喵~」，看著商品櫃，我因為她這樣滿可愛的而看到出神，過了大約五秒以後，島村就拿起她剛才看著的東西。然後直接拿去結帳，回來找我。
「給妳，伴手禮。」
島村選的是茶杯……是茶杯。我收下亮橄欖綠色的茶杯。
底部的價格標籤還貼在上面。
「為什麼會選這個？」
「因為安達妳對吃的又沒興趣。」
「……是沒興趣。」
「所以我選那個。」
我目前還搞不懂她的「所以」跟「選那個」到底是打哪裡來的。
「伴手禮專區怎麼會有那麼多茶杯？」
「誰知道？既然會擺在這裡賣，搞不好這裡很盛行製陶。」

「明明是國外？」

島村說著「嘖嘖嘖」，一臉得意地揮揮指頭。島村對這個異國他鄉有什麼了解嗎？

我無比懷疑她的說法，同時把茶杯拿在遙遠的燈光底下。

說這是國外帶回來的伴手禮，會有人相信嗎？

「……算了，無所謂。」

我像是被傳染了某人的口頭禪，在呈現亮橄欖綠的視野下細語。

只要是島村給我的東西，不管是從國外帶回來的，還是從附近超市帶回來的都無妨。

重點是島村願意回應我的要求。

就算聽見有些太過任性的要求，她臉上依舊是一如往常的笑容。

唯有她的這張笑容自我們認識以來都不曾改變，也是指引我人生路途的指標。

「到了回國當天也會冒出『終於能回家了』的想法，還挺奇妙的。」

島村到飛機上的座位坐好後，便笑著說出這句話。

我多少有些同感。

不過島村除了公寓以外，還有其他地方可以回去。

我有些羨慕這樣的她，也有些嫉妒，想無視這個事實。

飛機一如原定時間起飛，而我在起飛後的飛機上，回想起島村剛才說的話。
我稍微注意起會自然傳入耳中，只讓人覺得很吵的飛機運轉聲。
就算抬起頭聽，也只覺得刺耳。
我假裝自己變成行李，閉上眼睛。
在我想像自己被島村扛著的模樣時，意識也在不知不覺間飄往比天空更高的地方。

我們順著跟出國時一樣的路，辦理好入境手續，離開機場。
纏附身上的疲勞感，證明我們確實在遠方度過了一段長長的時間。
「島村。」
鼻尖感受到濕度明顯跟外國不同的風吹來。
接下來得經過漫長的返家之路回家，在家裡整理行李。雖然這段過程一點也不有趣，但我想靠著先前的開心體驗克服這道難關。我不知道這份回憶帶來的喜悅能維持多久，要是這份喜悅在某一天枯竭了——
「我們再去旅行吧。」
我回頭看著機場說道。我看見一旁的島村也回頭望向機場。
「等我們存夠錢就去吧。」

「嗯。」

飄然夢想的手感，以及現實的堅實觸感。

不知不覺間，我們變得兩者都能夠適當地給予對方。

我認為我們之間確實發展成一段良好的關係。

這就是我跟島村相處的十年。

後記

好的，以上就是《安達與島村》第八集的故事。

各位好久不見，你們好。抱歉讓大家久等了。

這次離本篇有段時間的未來故事部分，雖然很像最終回的劇情，但本集並不是最後一集。我只是想到她們最後會有這樣的結局，所以才把這段劇情寫出來，方便整部故事可以在任意的時間點結束。就是假如我突然意外暴斃，不一定能繼續出下一集的時候，就可以用我有寫好最終回ＯＫ啦的理由來搞定一切的意思。順帶一提，我目前不打算送命。

要是預定要送命就恐怖了。雖然也確實是要啦。畢竟人終有一死嘛。活在和平的世界裡很容易忘記自己會死，但死亡是必然會發生的事情。不過我還是抱著「反正就是會那樣嘛」的心態，每天開開心心地過日子。

總之，《安達與島村》還會再繼續一陣子。

而之後有重大的事情要宣布……有嗎？還是已經宣布了？

有沒有宣布這點在我寫後記的時候還是未知數，不過希望大家會喜歡這份新消息。

這次也非常感謝各位的購閱。

啊，同一天發售的《佐伯沙彌香》也請大家多多關照了。

入間人間

終將成為妳 關於佐伯沙彌香 1 待續

Kadokawa Fantastic Novels

作者：入間人間　原作、插畫：仲谷 鳰

鬼才入間人間執筆的《終將成為妳》外傳小說！
以細膩筆法帶你深入佐伯沙彌香的內心世界

佐伯沙彌香從小便是個成熟達觀的少女。但在小學五年級時，面對一個女生朋友投射到自己身上的情感，她無法得出答案。到了中學時期，當親近的學姊千枝向她表白後，儘管覺得困惑，她仍接受了學姊告白，並漸漸陷入戀愛。然而……

NT$200/HK$67

短篇小說創作集 妳我之間的15公分

Kadokawa Fantastic Novels

作者：井上堅二 等20 人合著　插畫：竹岡美穗 等7 人合著

以15公分串聯起你我之間的無限可能……
由總數20名作家聯合執筆的短篇小說傑作集！

也許會發生於明天的，屬於你的「if」的故事。由《笨蛋，測驗，召喚獸》、《文學少女》等總數二十名作家聯合執筆，主題涵蓋「15公分」與「男女」這兩個題目。有懸疑、愛情、奇幻、運動或其他天馬行空的類型，20篇短篇小說傑作集！

NT$280/HK$93

國家圖書館出版品預行編目資料

安達與島村 / 入間人間作 ; 蒼貓譯. -- 初版. --
臺北市 : 臺灣角川, 2020.06-
冊 ; 公分. -- (Kadokawa fantastic novels)
譯自 : 安達としまむら
ISBN 978-957-743-808-9(第8冊 : 平裝)

861.57 109005085

Kadokawa
Fantastic
Novels

安達與島村 8

(原著名：安達としまむら 8)

2020年6月8日 初版第1刷發行
2024年5月27日 初版第6刷發行

作　者：入間人間
插　畫：のん
日版設計：鎌部善彥
譯　者：蒼貓

發行人：台灣角川股份有限公司
總　監：呂慧君
總編輯：蔡佩芬
主　編：林秀儒
編　輯：黎夢萍
設計指導：陳晞叡
美術設計：黃永漢
印　務：李明修（主任）、張加恩（主任）、張凱棋、潘尚琪

發行所：台灣角川股份有限公司
地　址：104台北市中山區松江路223號3樓
電　話：（02）2515-3000
傳　真：（02）2515-0033
網　址：www.kadokawa.com.tw
劃撥帳戶：台灣角川股份有限公司
劃撥帳號：19487412
法律顧問：有澤法律事務所
製　版：巨茂科技印刷有限公司
ISBN：978-957-743-808-9

ADACHI TO SHIMAMURA Vol.8
©Hitoma Iruma 2019
Edited by 電撃文庫
First published in Japan in 2019 by KADOKAWA CORPORATION,Tokyo.
Complex Chinese translation rights arranged with KADOKAWA CORPORATION,Tokyo.